"你'孝'起来真好看"孝文化系列丛书

为孝代言

榜样、孝行与致敬

WEI XIAO DAIYAN

主　编◎蒋海文　吴　谨
副主编◎章思思　王　恋

湘潭大学出版社
XIANGTAN UNIVERSITY PRESS

图书在版编目（CIP）数据

为孝代言 ：榜样、孝行与致敬 / 蒋海文，吴谨主编；章思思，王恋副主编 . -- 湘潭 ：湘潭大学出版社，2023.9
ISBN 978-7-5687-1143-2

Ⅰ . ①为… Ⅱ . ①蒋… ②吴… ③章… ④王… Ⅲ . ①大学生－先进事迹－中国－现代 Ⅳ . ① K828.4

中国国家版本馆 CIP 数据核字（2023）第 110763 号

为孝代言 ：榜样、孝行与致敬

WEI XIAO DAIYAN : BANGYANG、XIAOXING YU ZHIJING

蒋海文 吴 谨 主编

章思思 王 恋 副主编

策划编辑：蒋海文
责任编辑：渠珊珊
封面设计：李 平
出版发行：湘潭大学出版社
社 址：湖南省湘潭大学工程训练大楼
电 话：0731-58298960 0731-58298966（传真）
邮 编：411105
网 址：http://press.xtu.edu.cn/
印 刷：长沙鸿和印务有限公司
经 销：湖南省新华书店
开 本：880 mm×1230 mm 1/32
印 张：5.625
字 数：130 千字
版 次：2023 年 9 月第 1 版
印 次：2023 年 9 月第 1 次印刷
书 号：ISBN 978-7-5687-1143-2
定 价：28.00 元

“你‘孝’起来真好看”孝文化系列丛书

目　录

高风峻节，传德俗之至仁

文花枝：微笑面对一切

龙军　曾晓蓉

文花枝，女，1982 年出生，湖南韶山人，中共党员，湘潭大学管理学院 2006 级旅游管理专业学生。先后获得“全国三八红旗手”“全国五一劳动奖章”“中国十大杰出青年”“全国模范导游员”“100 位新中国成立以来感动中国人物”“全国道德模范”“最美奋斗者”等多项荣誉。2008 年当选为第十一届全国人民代表大会代表；2012 年当选为中国共产党第十八次全国代表大会代表；2022 年 3 月，担任北京冬残奥会火炬手。

灾难来临时，她把生的希望让给了游客，把死的威胁留给了自己。那一年，文花枝 23 岁。

2005 年 8 月，带团旅游时，导游文花枝和游客遭遇了严重车祸。当施救人员一次次向她走过来时，她总是吃力地摇摇头说：“我是导游，我没事，请先救游客！”在长达两个多小时的救援时间里，她多次昏迷，但只要一醒过来，就不停地为大家鼓劲、加油。文花枝是最后一个被救出来的。她左腿 9 处骨折，右腿大腿骨折，髋骨 3 处骨折，右胸第 4、5、6、7 根肋骨骨折。由于延误了宝贵的救治时间，医生不得不为文花枝做了左腿截肢手术。

截肢后，看着空荡荡的裤管，文花枝埋下头伤心地哭了。但几分钟后，再抬起头时，她眼里已经没有了泪水：“即使少了一条腿，我也会坚强地生活。我会用微笑面对一切。”

手紧紧扶住栏杆，右腿站稳立住后，再慢慢抬起左腿……文花枝的康复过程漫长而艰辛，左腿截肢处经常被假肢磨得血肉模糊。文花枝咬牙坚持锻炼，从不叫苦喊痛，总是笑着对家人和朋友说：“没事，我好着呢！”

劫难之后，从前的憧憬和设想都被打乱。“身残志不能丢！”冷静思考后，文花枝决定：告别自己热爱的导游事业，重回校园，提升专业知识和能力，将来更好地为旅游事业服务。

2006 年 8 月，文花枝进入湘潭大学管理学院旅游管理专业学习。刚装上假肢那阵子，身体很不适应，常人十分钟的路程，文花枝要走上半小时。

2006 年以来，文花枝先后获得“全国三八红旗手”“全国五一劳动奖章”“100 位新中国成立以来感动中国人物”等荣誉。2012 年，文花枝当选为党的十八大代表。鲜花和掌声蜂拥而至，但文花枝始终保持清醒。

“我要努力地改变自己。”文花枝从没有闲着，目的只有一个：让舍己救人的文花枝淡出人们的视野，使掌握了专业知识、热心公益事业的文花枝呈现在人们的眼前。

2013 年，文花枝硕士研究生毕业，成为湘潭市文化旅游广电体育局的一名职工。多年过去，文花枝说：“不想永远活在当年的光环里，希望为大家做一点实事。”2015 年，文花枝作为扶贫专干，被派往平里村这个韶山市最贫困的村担任党支部第一书记。

山路崎岖，行走不便，她就搭乘摩托车，逐家逐户走访，将村民的致贫原因、贫困程度、扶持需求等基本信息一一记录下来，为每户贫困户制定了详细的脱贫计划。

丧偶独居的村民肖金华，眼睛有残疾，家里缺少经济来源，意志消沉，文花枝鼓励她不要气馁。不仅为她争取了生活补助，还用亲身经历鼓励她，让她重新燃起了对生活的希望。

在文花枝的努力协调下，许多优秀旅游企业负责人、旅游策划专家多次到平里村考察，为村里的旅游发展出谋划策。2016 年，平里村一举摘掉了“省定贫困村”与“湘潭市基层组织软弱涣散村”两顶帽子。无论是建档立卡贫困户还是普通村民，都对这个看似柔弱的女书记伸出了大拇指。

2017 年，结束驻村帮扶工作的文花枝回到了单位，从事旅游推广与对外交流工作。

无论什么时候，无论什么岗位，文花枝的每一步都是全力以赴，坚持用实际行动为“奋斗”作出自己的诠释。她说：“不管能做出多少成绩，我都会继续保持奋斗的姿态，认真工作，热爱生活，努力做一名平凡而美丽的奋斗者，不辜负大家对我的支持与厚爱。”

来源：《光明日报》

杨怀保："西北娃儿"和他的十年奉献路

李川　刘逸鹏

杨怀保，男，1985年出生，陕西汉中人，中共党员，湘潭大学商学院2003级金融学专业本科生，2007级金融学专业硕士研究生。在湘潭大学就读期间，带着全家上大学，曾获"全国道德模范""100位新中国成立以来感动中国人物""当代中华最感人的十大慈孝人物""中华新二十四孝"等荣誉，多次受到胡锦涛、习近平等党和国家领导人接见。曾任共青团第十六届中央委员会委员、共青团湖南省委委员、湖南省青年志愿者协会副会长、湘潭市青年联合会常务委员、湘潭市青年联合会副主席、汉中市青年联合会委员、中国孝基金理事长（创始人）。

2019年，杨怀保的"孝基金"十岁了。

首届"全国道德模范"、感动中国人物、团中央委员、全国青联常委、"全国向上向善好青年"、中国第一家以"敬老"为主题的民间专项公益基金创始人……无数的荣誉和头衔始终没有抹去这位从广袤的黄土高原走出来的"西北娃儿"骨子里那份独有的踏实和质朴。

"我感觉自己被无限放大了，对父母的孝道、对弟弟的照顾只是我作为儿子和兄长的本分。而发起的'孝基金'以及这十几家社会组织仅仅是我想努力为这个社会做一份贡献，其实大家只需要关注我目前的这个身份——湘潭大学教师、追梦青年。”谈起荣誉，杨怀保总是显得云淡风轻。

提起沟壑纵横的黄土高原，直入人心的仿佛就是遮天蔽日的黄沙与扑面而来的贫瘠，“面朝黄土背朝天”，单一的色彩填满了杨怀保生命中一半的时间，那是常人无法想象的疾苦。

杨怀保出生的陕西省汉中市勉县沟口村，曾是国家级贫困县中的特困村。“40 平方米不到的小土房住了一家四口，家里唯一的电器就是一个 15 瓦的电灯泡。”

那时，想要通过读书学习走出大山摆脱贫穷让父母和弟弟过上好日子是他心中全部的追求。

然而接连而来的变故几乎击垮了正在读高二的杨怀保。“母亲前些年因重病两次手术，一直需要药物调理，家里已经债台高筑，父亲为了赚钱养家在工地上受了重伤，因为没钱及时治疗，失去了劳动能力。”

杨怀保看着床上父亲浮肿难消的双腿，看着母亲蜡黄的脸庞，心里只剩纠结和痛苦。“父亲听说我准备弃学打工，不断撕扯着自己头发，念叨着‘是爸妈无能’。”为了不让父母内疚痛苦，杨怀保选择加倍拼搏，终于考上了大学。

2003 年 9 月，杨怀保揣着暑假打工挣的 1200 元跨进了湘潭大学的大门。除了学习，杨怀保来不及享受大学的美好时光，为了撑起远方的家，一头扎进了为生活而战的洪流大军之中。

拾一个矿泉水瓶挣 0.1 元、卖一盒牛奶赚 0.5 元、卖一份报纸赚 0.4 元、卖一包槟榔赚 0.2 元、发 3000 张传单赚 20 元、做一次家教赚 25 元……这些简单而枯燥的数字，在 18 岁的杨怀保眼里却是一种希望。

2004 年春节，看着父母每况愈下的身体，杨怀保毅然决定：

背着全家上大学！

面对父母的反对和随即而来的经济来源问题，杨怀保心里并没有底，可情况不允许他有丝毫迟疑。“为了说服父亲，大年初七我就回到湘潭，先帮父亲找一份他能适应的轻松工作，然后帮弟弟解决了上学的地方。”

2004 年 8 月，杨怀保带着全家，扛着四个蛇皮袋子从陕西来到湖南。

房租、学费、水电费、伙食费，所有生活的琐碎变得如此具体而现实。没有积蓄，杨怀保只能将全家先安顿在一个废弃垃圾场的厂房里。“房子只有 10 平方米，生活用水都是黄色的。”杨怀保回忆。

早上杨怀保会先买好菜，安排好一家人一天的饮食后走进大学课堂，做一个认真读书的大学生。而课余时间，他选择通过兼职贴补家用，最多的时候，同时做 7 份兼职，每天工作 17~18 个小时。

在自己的努力和学校、老师以及同学们的鼓励、帮助下，杨怀保的生活逐渐得到了改善。

作为由一代伟人毛泽东同志亲自倡办并嘱托一定要办好的综合性全国重点大学，湘潭大学十分重视人的全面培养，特别是湘潭大学的公益文化对杨怀保产生了很大的影响。于是，杨怀保开始探索用公益组织的形式帮助学校里和他一样的贫困学生。大一下学期，在学校的支持下，他和老师、同学一起成立了勤工助学管理中心，先后帮助了数千名贫困大学生改善处境。

2007 年，杨怀保荣获首届“全国道德模范”，这份荣誉也令他对人生意义和青年的责任使命有了更深的认识。

经过一年的广泛调研，还在读研一的杨怀保将大学期间的兼职收入全部拿了出来，租了一个简单的民居，购买了一套二手办公器材，在长沙正式筹建成立了中国第一家敬老专项公益基金——“孝基金”。随后，他在学校的支持下专门成立了弘扬中华优秀传统孝文化的社团——湘潭大学孝行协会。

“2008年是公益元年，民间公益都刚刚起步，没有可以借鉴的蓝本，运营资金难以筹集，团队也只有三个人。”杨怀保说，“孝基金”刚一成立就面临着“三无”的处境。

杨怀保冲在前面，深入陕西、湖南等地考察调研，拜访各界爱心企业和人士，力求解决“三无”问题。

除了资金筹集上的压力之外，杨怀保还面临着社会各界的不解和质疑。“现在做慈善的人越来越多，但是其中的虚假成分也不少，而且对于社会大众而言，做慈善这一行为方式还需更多的引导与认知。”面对异样的声音，他总是选择用事实说话。

2010年，湘潭大学金融学硕士研究生毕业的杨怀保婉拒了多个单位抛出的“前景”和“钱景”广阔的工作机会，成为一名职业公益人。

十余年来，杨怀保和“孝基金”团队的脚步遍及湖南、陕西、新疆等地的多个贫困地区，组织开展了多项公益活动，发展青年志愿者3万余人，照护服务老人2万余人，资助困难学子1700多名，在湘潭大学的支持下，一起参与举办了全国大学生孝文化节。

2014年起，杨怀保着手推动“孝基金”的转型升级，逐步实现了从冲在公益项目执行一线的1.0版本到站在更多公益人士及社会组织背后做社会组织孵化培育及社会治理创新探索的 2.0 版本。

近年来，他先后发起创立了北京三一公益基金会、湖南省三湘关爱妇女儿童协会、湘潭市青年创业协会等 14 家青年社会组织，并创建了覆盖长株潭地区的青年创业公益孵化基地，孵化扶持青年创业项目 30 个，开展创业培训及讲座近百场，编著出版书籍两本，发表论文及报道二十余篇，撰写了近二十万字的调研报告，赴全国多地开展公益励志宣讲三百多场，他的感人事迹和公益项目，影响并鼓舞帮助了亿万青年。

2015 年，组织上安排杨怀保回到湘潭大学从事学生工作。工作期间，他担任学生创新创业指导中心办公室主任，推动成立了湘潭大学创业联盟，指导湘潭大学公益联盟的工作，把自己的社会公益和志愿服务等实践经验和高校学生思想政治教育紧密结合，创新推动实施了学生思政德育工作，得到了老师和学生的一致好评。

坐落在湘西土家族苗族自治州古丈县罗依溪镇大山深处的牛儿山村，更是因为杨怀保和“孝基金”团队的持续努力发生了翻天覆地的变化。如今，牛儿山村有三分之一的家庭被纳入当地低保，有三分之一的房子被纳入危房改造范围，大病救助的范围也在加大，笔直的马路也通向了这个偏远的村庄。在杨怀保言行的影响下，孝行协会、“金翼 5・1・8”爱心团队、雷锋公司等一批湘潭大学公益社团的学子们，坚持在努力学习的同时积极奉献社会。近年来，湘潭大学相继涌现出了全国“双百”人物、“全国道德模范”“全国优秀志愿者”“中国大学生自强之星标兵”“全国孝亲敬老之星”“最美女大学生”“舍身救火英雄”等一大批优秀学生典型，被中央电视台、《光明日报》

等媒体誉为“湘大群模”现象。

“百姓们亲切质朴的笑脸深深印在我的心里，青年学子们在我们的鼓励下坚守梦想、初心，朝气蓬勃的状态，都成为我坚持不懈的动力之源。人的青春是有限的，生命更是那般可贵。我很庆幸能够在湘潭大学这片美好的土壤中学习成长，今天还能够成为湘潭大学一名教师，培育更多的青年学子，继承和发扬爱国进步、向上向善的五四精神。我要用奋斗赋予生命意义，为社会组织的健康有序发展尽心尽力，向广大青少年朋友传递正能量，为社会做出自己的最大贡献。”现在的杨怀保正蓄势待发，准备向下个十年扬帆起航。

来源：中国青年网

李恒白：见义勇为“扶老人”广受赞誉

段美菊　刘良恒

李恒白，男，1971 年出生，湖南株洲人，中共党员，湘潭大学比较文学与世界文学博士，曾任湘潭大学文学与新闻学院教师、硕士生导师，中央和国家机关青年联合会委员，深圳安华投资（集团）有限公司党委书记、总经理。2014 年，李恒白路遇遭受车祸的老人，他见义勇为，接二连三施以援手，不仅挽救了伤者的生命，还多次探望伤者，从经济上帮扶，给予老人温暖。曾荣获“感动中国之感动湖南”人物、“中华儿女年度人物”“湖南十大教育新闻人物”等荣誉称号。

在教师节来临之际，湖南省委教育工委发出通知，要求湖南省各市州教育局和各高校结合群众路线教育实践活动，采取听取先进事迹报告、召开主题座谈会等多样形式，认真学习湘潭大学李恒白老师见义勇为优秀事迹。

危急时刻及时出手“扶老人”

2014 年 6 月 27 日下午，李恒白在从株洲老家赶往长沙的途中，碰见素不相识的皮祖德遭遇严重车祸。当时老人躺在被撞倒的两棵树旁边，神志不清，浑身血肉模糊，地面上留有 1 米多长的血迹，车祸现场有几人围观，但无人上前施救，情况十分危急。

李恒白见状立即靠边停车，跑到伤者跟前察看伤情，并拨打120急救电话。当时，老人腰间别着一部手机，他拿出来拨打老人家里的电话，想尽快与家属取得联系，但没有打通。紧接着，他又拨打了老人手机里存储的其他电话号码，告诉接听者，老人出了交通事故，希望尽快帮忙找到家属。

大约15分钟后，救护车来了，李恒白配合医生把老人抬上担架，送上救护车。在与伤者家属联系不上的情况下，李恒白放心不下，便跟随救护车来到株洲中医院，为受伤老人办理入院手续，垫付检查、治疗和住院费用。

由于皮祖德的家属一直没来，李恒白二话没说，垫付检查费599元，并预交了住院费1000元，还推着皮祖德满楼跑，拍X光片，做B超、脑部CT，整整忙活了两个多小时。

“他忙前忙后，一度还被急救医生误认为是车祸的肇事者。直到老人神志清醒并连声向他道谢，我们才恍然大悟。”时任株洲中医院院长蔡建君不无感慨地说，“老人倒地要不要扶？李老师为我们做了示范，他主动救助别人，还垫付医疗费，可钦可佩！”

募集善款将救人义举进行到底

将皮祖德老人安顿好后，还要到长沙办事的李恒白叮嘱株洲中医院急救医生谢伶俐：“谢医生，真不好意思，我还有事要赶回长沙，就麻烦您多照顾伤者。”

当天晚上10时左右，李恒白给急救医生谢伶俐打电话，询问伤者的病情及家庭情况。谢伶俐告诉李恒白，受伤老人皮祖德家住株洲龙潭乡龙潭村，没有固定工作，儿子在外打工，生活十分困难。第二天，李恒白又委托同事给老人送去了1000元慰问金。

救人之后，李恒白一直与皮祖德的儿子保持着联系。7月4日晚上，老人的儿子皮长泉打电话告诉李恒白，因住院费用太高，想过两天出院回家休养。7月5日一大早，李恒白便利用周末时间和湘潭大学学生会主席安佳明等同学，分头赶往株洲中医院看望皮祖德，并为他带去学生们筹集的善款5020元。

在接过善款的那一刻，皮祖德与妻子文桂圆、儿子皮长泉眼含热泪，连声道谢。文桂圆泣不成声地说道："要不是遇到您这位大恩人，我们家老皮恐怕就没了。"

救老人难道不怕被讹吗？"当时我只有一个念头，赶快救人。身为高校教师，这都是自己应该做的，也必须做。"李恒白说，他自己也是从农村出来的，内心深处知道老百姓的不容易，能为老乡尽一点心和力，心里感到特别踏实和幸福。

李恒白的举动得到了学校领导、家人、朋友、同事和学生的一致支持。身为退休教师的父母亲表扬了他的行动；上幼儿园的儿子发来微信："爸爸我爱你，我和妈妈为你感到骄傲！"

坚持助学扶贫回馈社会奉献爱心

李恒白是湘潭大学文学与新闻学院教师、硕士生导师。这位出生于湖南株洲堂市乡蜈蚣村的农家子弟，从教前长期担任深圳安华投资（集团）有限公司负责人。

李恒白在企业任职期间，积极倡导奉献与感恩，把回馈社会视为企业应尽的义务，推动公司投身新农村建设、扶贫帮困、捐资助学等各项社会公益事业，累计投入近 2000 万元。到湘潭大学任教后，他时刻心系贫困学子，对贫困学生采取“一对一”的资助和指导，其助学扶贫的善举赢得了学校师生的一致好评。

2008 年，在南方雪灾和汶川地震期间，李恒白率领公司全体员工、合作企业捐款捐物，累计金额达 800 多万元，第一时间为灾区人民送上爱心。

2009 年 2 月，在李恒白的积极推动和多方筹备下，公司对口扶持新农村建设，向株洲堂市乡卫生院捐款 50 万元，帮助改善当地群众的就医条件。2010 年 8 月，为远在千里之外的西藏林芝地区捐款 30 万元，用于支援当地建设。

2011 年，在共青团湖南省委发起的“伴你成长——湖南共青团关爱农民工子女志愿服务行动”之“关爱你的假期”活动中，李恒白组织 500 余名青年志愿者，为 2503 名农民工子女开展学业辅导、“手拉手，逛星城”、自护教育等活动。

“李恒白救人不是一时的冲动，而是崇高人格和强烈社会责任感的驱使，是一种社会主义核心价值观‘内化于心、外化于行’的行为表达，是内心美好品质的自然流露。”时任湘潭大学文学与新闻学院党委书记王洁群教授表示。

来源：新华网（标题有删改）

夏形义：生命，在烈火中永恒

蒙志军　陈阳　曾林

夏形义，男，1984年出生，湖南郴州人，湘潭大学外国语学院2003级对外汉语专业学生。2007年2月3日，在参与村里组织扑救山火的过程中，为保护集体财产安全，奋不顾身扑火，英勇牺牲，以自己的热血和生命谱写了80后大学生的青春壮歌。2007年2月7日，湘潭大学团委追授夏形义同学为“湘潭大学优秀共青团员”，2月8日，共青团湖南省委追授他为“湖南省优秀共青团员”，3月6日，湘潭大学党委、行政追授他为“湘潭大学优秀大学生”，4月17日，中共湖南省委教育工委、湖南省教育厅追授他为“湖南省优秀大学生”。经中共湘潭市委请示中共湖南省委，7月29日，中共湖南省委追认夏形义同学为中共党员。

一场大火，燃烧了一个23岁年轻生命的渴望与梦想，同时也燃烧出了一串串感人肺腑的故事和一种崇高的精神，铭刻在他爱的人和爱他的人心中，化作永恒。

2007年2月12日，共青团湖南省委在追授他为“湖南省优秀共青团员“的决定中写道：“他在生与死的考验面前，把党和人民的利益放在首位，无私无畏，不怕牺牲，表现出高度的政治觉悟和英勇无畏的革命英雄主义气概，用短暂的生命谱写了一曲壮丽的青春凯歌。”

他——就是湘潭大学外国语学院 2003 级对外汉语专业 2 班学生夏形义。

一

2007 年 2 月 3 日，晴，冬日的阳光普照大地。

桂阳县青兰乡聂锡村夏家组，家家都在忙着置办年货。

“起火了，赶快救火！”夏家组组长夏兴平吹响了急促而尖锐的口哨。放寒假在家中温习功课的夏形义听到哨声后，急忙丢下手中书本，带上镰刀，和母亲史细良和弟弟夏形军冲出了家门。只留下妹妹夏桃妹在家。

此刻正是中午 12 时，气温达 20 多度。从山脚起的火借着风势，正迅速向山顶肆虐。夏形义和母亲、弟弟开始在涌井山扑火，然后又转战海拔 400 多米的石墙干山扑火。

“火线很长，100 多位村民涌向山里，一下子就分开了。我看见哥哥直朝火势最大的那边奔去。”弟弟夏形军后来回忆道。史细良当时也想叫儿子休息一下，“可烟太浓，火太大，根本不能靠近啊”！

这 300 多亩树林是村里退耕还林时栽的，都有 2 米多高，树林边是浓密的杂草。村民夏石生回忆，当时火势很大，树尖都烧起来了，火苗蹿起四五丈高，夏形义奋力挥舞着手中的树枝，还指挥村民扑火。

大火终于扑灭了，弟弟却不见哥哥的踪影，急忙去找。在一片烧焦的树林边，夏形义扑倒在一棵烧焦的树下。“我把哥哥翻过来，耳朵、鼻子都烧没了，衣服烧光了，只有两个鼻孔有几点被烧干了的血迹。哥哥就这样没了！”夏形军大声地哭喊。在远处听到小儿子的哭声，史细良当即晕倒在地。

村民分析，当时大火正从山坡往上烧，山高风势猛，夏形义为了从正面切断烧向山顶树林的火源，在浓烟中窒息倒在了树林中。

天色渐渐暗了，灼热的大山也沉寂下来，得知夏形义遇难，山上山下哭声一片。此时，妹妹还在家等着哥哥回家吃饭，可哥哥永远不能回来了……

二

“哥哥的为人就像他的名字一样，有形，有义，有理想。”弟弟夏形军说。

夏形义 10 岁那年，几个同学偷偷到塘里游泳。几分钟后，一个水性不熟的同学沉下去了。夏形义立即跳入水中，将这个同学推上岸。他舍己救人的故事传遍了青兰乡的每个学校。

这样的故事还有很多：下大雨了，看到邻居家没人，他宁愿让自家玉米淋雨，也要先帮邻居家收谷子；看见邻居夏国社受伤，家里农活没人做，他在自家都有大堆农活的情况下，热心地帮邻居家干活；每次在路上见到老人，他都会热情接过担子或包裹，送到老人家里；村里井水脏了，他拿来工具悄悄地把井清洗干净……

村里 81 岁的夏开宅老人痛心地说：“这孩子出事后，我每天都在掉泪，他是我们村里的希望啊！”

夏家村 300 多口人，100 多亩水田，旱地里只能种些玉米、大豆等作物，一年没有多少收益。夏形义家也很穷，一家 5 口挤在3间不足20平方米的土砖房子里，每次下大雨，屋里积水过膝盖，为了能让成绩好的哥哥上大学，弟弟妹妹们上到初中就辍学了。艰辛和苦难，对于有的人来说，是一种消沉和绝望的理由，但对于夏形义来说，是磨砺坚强人生的一块磐石。夏形义常跟同学说："如果学习只是为了一张证书，我还不如现在就去打工。"因为他知道，只有知识才能改变自己的命运，改变家乡贫穷的面貌。班主任陈老师说，夏形义学习非常刻苦，成绩一直名列前茅。

三

牺牲的前一天，夏形义刚从湘潭大学放寒假回到家中。当晚，3年没见着面的兄弟俩说了很多话。

弟弟问："明年怎么打算？"

"毕业后，先到外面打两年工，筹一笔钱，再动员村民集资，在村里办一个蔬菜基地。"

"哥，以你的学历，到大城市不是更适合你吗？"

"从个人来说，在城市确实比在村里强得多。可是，像我们这些有点能力的人都不回来，乡亲们会继续穷下去的！"

在夏形义的设想中，办好蔬菜基地后，下一步就是在郴州市城区办一个蔬菜超市。"这样，给村民的回报率就更高了。我们村脱贫致富的日子就不远了，说不定，还可带动周边村的发展呢。"夏形义自信地说，"我相信自己，一定能办得到！"

想不到，这番话竟成了最后的诀别。

来源：《湖南日报》

万文林："山乡巨变"写新篇

何森玲

万文林，男，云南昭通人，中共党员，湘潭大学管理学院2004级旅游管理专业学生，曾获"湘潭市优秀毕业生"称号。大学毕业后，曾担任益阳市高新区清溪村党支部书记助理，曾获共青团益阳市第四次代表大会"特别代表"、益阳市创建省级生态村"先进个人"、益阳市首届"十佳大学生村官"等荣誉。2010年获"赢在农村"全国大学生村官与新农村建设系列征文之"我的第二故乡"主题征文大赛三等奖。

初夏时节，踏进清溪村，田间禾苗吐新翠，檐前乳燕正双飞。一排排风光互补太阳能路灯悠闲地转动着扇叶，一座座红瓦白墙的小洋房掩映在青山绿水之间。好一幅社会主义新农村的美妙图画！

"牛耕沃土喜看画卷新翻，笔蘸春光续写山乡巨变。"站在村部大门的对联前，万文林讲述了他和乡亲们一道续写"山乡巨变"新篇的故事。

清溪村是著名文化名人周立波《山乡巨变》等小说的创作背景地。万文林来到清溪村，担任党支部书记助理。初来乍到，人生地不熟。吃饭要到一公里路外的街上，益阳方言也听不懂。入夜，枕边除了火车驶过的隆隆声和单调的狗吠声，就只有孤独来袭。寂寞、困惑、迷茫，万文林一度萌生放弃的念头。在这个节骨眼上，老支书窥破了他的心思，送来周立波的《暴风骤雨》《山乡巨变》等著作，并语重心长地说："人的一生有许多坎，最关键的是自己不能被自己打败，立波先生可是我们的好老师。"一席话，坚定了万文林扎根农村的决心。他像练英语听力一样学习益阳话，很快就能与乡亲们自由沟通。

万文林学的是旅游管理专业。到清溪村时，适逢该村组建清溪文化旅游经营开发公司。他发挥专业特长，积极参与筹备工作。为了撰写各种申报材料，制定景区各项管理规章制度，万文林走访村民征求意见，上网查询相关资料，最忙的时候，一天要围着村子转上好几圈。万文林夜以继日，撰写整理了10多万字的文字材料。经过扎实调研和详细论证，旅游经营开发公司明确了定位——以周立波故居为载体，以中国现代乡土文学和中国农村巨变为主题，以农业合作化和传统农业为背景，展示周立波生平事迹和文学成就，再现传统农业向现代农业转变、建设社会主义新农村的历程。2008年9月15日，景区正式开园，"纪念周立波先生诞辰一百周年"活动在这里成功举办。负责接待工作的万文林配合有关部门把活动办得有声有色，国内媒体争相报道，使"山乡巨变第一村"声名远播。

在景区开发建设过程中，万文林参与倡导提出的民居改造"统一风格，保留户型，农户自主，政府奖扶"的经营思路和"散户集中，大户经营，村级流转，确保双赢"的经营原则，得到了省市领导好评。景区开园后游人如织，省内外游客纷纷来到"山乡巨变第一村"，享受"乡村体验第一游"的休闲与快意。到目前，共接待游客70万人次、参观考察团200余次。景区被评为"湖南省新农村建设示范点""湖南省农业旅游示范点”。

用自己所学的专业，为“山乡巨变第一村”的腾飞做出自己的贡献。万文林也希望组织部门在安排分配的时候多从专业需求方面给大学生村官提供更好的平台，让更多的大学生投身农村，锻炼成才。

来源:《湖南日报》

荣一臻：面对疫情大考努力发出自己的光芒

袁思蕾

荣一臻，女，1995年出生，湘潭大学公共管理学院2019级公共管理专业硕士研究生，获湘潭大学第十五届“芙蓉学子·榜样力量”道德风尚奖、“莲城青年”等称号，并获湘潭市留学生归国创新创业大赛一等奖等荣誉。

青春，是一种向上的力量，是努力追梦的征途，更是自我价值实现的探索之旅。第十五届“芙蓉学子·榜样力量”优秀大学生评选活动在全国17所高校开展，170个优秀个人和团队脱颖而出，成为当代大学生身边可以追赶的坐标。2021年1月15日起，红网、时刻新闻推出“榜样力量”系列报道，推介来自全国各地的10个优秀个人和团队，深入挖掘他们积极进取、拼搏奋进的感人事迹和先进典型，以此激励广大青年学生向身边的榜样学习，挥洒青春色彩，展现向上力量。

在第十五届“芙蓉学子·榜样力量”优秀大学生评选活动中，荣一臻荣获湘潭大学“芙蓉学子·榜样力量”道德风尚奖。

“群之所为事无不成，众之所举业无不胜。”2020年12月20日晚，湘潭大学第十五届“芙蓉学子·榜样力量”优秀大学生颁奖典礼暨宣讲会举行，一袭黑色大衣、长发披肩的荣一臻深情回顾了她在抗击新冠肺炎疫情期间的经历。

荣一臻介绍，她在读研期间成立了一家医疗用品生产企业，

2020年初，新冠肺炎疫情席卷而来，她所在的企业被湖南省委、省政府指定为疫情防控期间省重点联系单位。她和她的企业临危受命，积极投身防疫物资的生产活动中。

迅速召回已经春节放假的员工、连夜开机加班加点生产抗击疫情所需的医疗物资、果断决定扩大产能、大量新增就业岗位……面对巨大的供需矛盾，荣一臻分秒必争，积极组织生产，共计投资2600余万元，扩建洁净车间3个，增加口罩生产线11条，购进防护服生产设备55台，新增人员260余人，生产实行两班制，24小时不间断作业，扩大生产规模近3倍。截至2020年3月19日，其所在企业累计为社会提供口罩5000余万只，防护服40余万套。此外，还为湘潭大学、湘潭市各大医院、卫生院、社区，累计捐赠价值200万元的防护用品。2020年4月开始，由于新冠肺炎疫情肆虐海外，荣一臻所在的企业先后完成国际捐赠100万个N95口罩、40万个外科口罩、20万套医用一次性防护服。

“如果说，前线的医护人员是上阵打仗的士兵，那我们输送过去的防疫物资就是他们的‘子弹’，我们要做的就是保证‘子弹’按时、按质、按量地送达。”荣一臻以青年之名，坚定地站在口罩生产第一线，与工人们互勉，从未放弃，为抗击疫情发出了自己的光和热。

“面对这次危机和大考，我感受到了原本渺小的我们，也在一个一个努力地发着光。”荣一臻说，这些宝贵的经历让她感受到了自我社会价值的实现，“获得‘芙蓉学子·榜样力量’道德风尚奖，对于我来说，不是终点，而是一个新的起点。”

来源：红网

张达：灾区 9 日，用责任与担当诠释党性

吴金

张达，男，中共党员，湘潭大学商学院 2004 级工商管理专业学生。2008 年汶川地震，得知地震灾情后，他当即向单位请假，参加了北京市民自发组织的民间志愿队，奔赴灾区，在成都红十字会领导下开展志愿服务工作，并被推选为志愿服务队副队长。

在灾区长达九天的工作中，他没有正式吃过一顿饭，没有好好睡过一次觉，每天都工作十多个小时，随时还要面临着余震、疫情的威胁和断粮缺水的窘境。但是勇敢的他没有退却，没有叫屈，始终与所有队员，与灾区人民一道坚守在抗震救灾第一线，用自己的行动诠释了一名大学生党员应有的责任与担当。

他叫张达，是湘潭大学商学院 2004 级工商管理专业的学生，同时也是一名普普通通的学生党员。

"我是党员，我要上前线"

2008 年 5 月 14 日 12 时 15 分，首都机场，CZ6161 北京至成都的航班即将起飞。一群穿着印有"万众一心、众志成城"字样文化衫的年轻人正准备登机。

人群里有一个敦实、憨厚的小伙子，他的表情格外坚毅而又凝重。这个人就是张达，他是一名有着四年党龄的学生党员，

三个小时前加入了这支抗震救灾志愿服务队。

地震发生的当天，张达刚好被实习单位派到北京出差。北京惬意的阳光和第一次出差的经历让张达感到的是新鲜和兴奋。

然而，当他那天下午驻足在电视机前时，这种感觉却一扫而空。渐渐明朗也愈显沉重的灾情、不断上升的伤亡数字，无数个在废墟下挣扎、呼救的生命深深地刺痛了他的心。特别是电视画面上那些孩子在揪心地哭泣，痛失亲人、痛失家园的人们茫然无助的眼神更是让他几度落泪。这位高中时就入了党、大二时担任学生党支部书记的小伙子，在这个时候想到的是一名共产党员的责任与担当，想到的是自己在同胞受难时应该做点什么。

“我是党员，我要上前线。”很快，张达做了一个决定，“马上到灾区去，到抗震救灾一线去。”随后，他怀着忐忑的心情把这个决定告诉了家里，出乎意料的是，爸爸、妈妈都非常支持他。

第二天，张达便报名参加了北京当地的由一些白领和大学生自发组织的“抗震救灾”志愿服务队，在动员会上被推选为志愿服务队的副队长。15 日，志愿队一行抵达成都，成都红十字会当即将他们安排到绵阳市安县的秀水镇负责当地的救灾工作。

当张达他们抵达秀水时，这个满目疮痍的小镇，让他们震惊了。秀水镇是距汶川一百余公里，有着近 7 万人口的一个乡镇。5 月 12 日下午的地震给这里造成了毁灭性的灾难，全镇房屋几乎无一完好。地震致使很多人无家可归，大多数人都住在外面临时搭建的窝棚里，没有被子、没有衣服、没有水和食物，大家都在急切等待救援队的到来。“你们是最先到达秀水的工作人员，你们都是秀水的恩人。”接待他们的当地灾民用力地握着他们的手，老泪纵横。

严峻的灾情和乡亲们期待的目光让志愿者们不敢有丝毫懈怠，他们抵达秀水时已接近凌晨一点，但他们没有歇息而是将随行十一台车的物资全部安置好后，才搭帐蓬准备休息，到一切收拾停当已是凌晨三点半了。第二天早上六点又匆匆起床、开会、安排工作。

“你就像这个村的村长”

因秀水房屋损毁严重，许多居民的物资都没抢救出来，所以大部分人的生活物资得不到保障，除了不断发生的余震时刻威胁着这个小镇外，最严峻的问题就是饮用水、食品和药品的短缺。

张达他们所做的主要工作就是下到各个村组去排查灾情，了解物资短缺情况，分发救灾物资并安抚灾民情绪。在秀水的几个日夜里，张达几乎走遍了该镇的每一个村组，最长的一天连续步行了 9 个小时，走访了十多个村子。

然而，张达说那段时间面临着的最大困难不是劳累，不是艰苦的工作条件，而是工作上的压力。这个有着几万人口的小镇，每天仅靠上级红十字会调拨几车物资可谓是杯水车薪。一旦得不到正常供给，不仅灾民们随时会挨饿，同时还可能会因防疫物资供应不上而暴发疫情。17 日，该镇就出现了两名传染病疑似患者，幸亏中国人民解放军第二军医大学救援医疗队及时赶到才排除了疫情。到19日，秀水镇已出现严重的物资短缺状况，张达只好前往成都汇报情况，请求援助。然而当天整个成都的情况也同样很糟。那天中午，张达十分沮丧地从成都红十字会走了出来，一想到那些嗷嗷待哺的小孩，一想到那些急需药品的伤员，张达忧心如焚，他觉得就这样两手空空回去，将无颜面对乡亲们。在实在想不到办法时，张达只好向家人求助，大义开明的妈妈二话没说当即就给他汇去了6000元钱。那天下午，张达拖着疲惫的双腿，走遍了成都的大街小巷，将所有的钱都用来采购药品和婴幼儿用品，天黑前终于带着一车物品回到了秀水，解了灾民的燃眉之急。

22日晚上，几位好心的成都市民给秀水送来了两车奶粉。然而，当张达准备分发这批奶粉时，他们却对这个二十出头的小伙子明显表示不信任。没办法，张达只好带着他们在黑夜里，深一脚浅一脚，去山里的老乡家了解情况。一路上，张达总是能准确地说出这是哪一家、哪一户，有几个人、是否有小孩、家里的灾情如何。最后，为了消除他们的顾虑，张达又准备把他们带到农联村邓村长的住处，在去之前，一位姓何的大姐终于说道："张达，不用去了，我看你就是这个村的村长。"听到这句话，张达咧着嘴像个孩子似的笑了，几天来的劳累和困顿一扫而空，他说那是他在灾区最开心的一刻。

"这是世界上最为宝贵的精神财富证明"

从15日开始，张达在灾区整整工作了九天，每天的工作都在十多个小时以上。在这九天里，尽管餐餐都是方便面，有时甚至连开水都没有，只能就着凉水一口口地嚼，但是张达这个从小在优越家庭中长大的小伙子，从没叫苦、叫屈。在接受采访时，张达提到最多、感叹最多的却是乡亲的热情、淳朴和善良。

17 日晚，张达在秀水中学一位老师的带领下，给一位叫周小红的贫困学生家送去两袋大米。正在她家坐着聊天时，又一次强烈的余震发生了，顿时整个搭建在围墙旁的帐篷剧烈摇晃、房梁“柞柞”作响。在危急的时刻，张达将他们几位用力推出家门，自己却是最后一个出门。虽然，这次有惊无险，但几位乡亲却被张达的勇敢和善良感动得热泪盈眶。

23 日晚上，在当地易警官的盛情邀请下，张达吃到了一顿工作餐——也是在灾区吃到的唯一一顿饭。易警官亲自帮他排队打了一份饭，两人端着碗在临时帐篷下吃着，易警官的手还负着为灾民搭帐篷时受的伤，他们约定以后一定保持联系，一定相聚。吃完这唯一一顿饭，他们望着天空，眼睛都湿润了！

因要回校参加 27 日的本科毕业论文答辩，张达不得不提前结束志愿者工作。然而做了无数次尝试，张达都没有勇气把这个决定告诉乡亲们。23 日晚上，张达与秀水中学的黄老师到一位学生家中去家访后，终于将自己的决定说了出来，这位老师顿时哽咽着说道：“张达，我希望你十年后还能回秀水，到时我一定给你做我最拿手的菜。”

24 日，张达怀里揣着两张当地急需的药品清单，走出了营地，无限不舍地告别了秀水。在成都红十字会，张达申请了他负责的最后一批发往灾民安置点的药品，也完成了他的最后一次任务。工作人员很快帮他办了手续，红十字会的一位秘书长郑重地将工作证明递给了张达并嘱咐道："你一定要好好保存，若干年后，这将是一份世界上最为宝贵的精神财富证明！"

25 日，张达回到了学校。在宁静的校园里，张达的心仍无法平静。虽然远离了还在苦难中煎熬的同胞，但是这场灾难给人们带来的伤痛却让他刻骨铭心。"每当我躺在床上的时候，总是久久无法入睡，脑海里老是浮现那些充满求助和哀伤的眼神，一想到他们我就心生愧疚。如今远离他们，不能与他们分担苦难，我除了要为他们祝福外，更重要的，我想还是要懂得珍惜当下，好好生活，只有这样才能彼此安心。"

在张达平静的讲述中，透过他朦胧的泪眼，我们分明读到了一种坚定、一种力量……

来源：《湘潭大学报》

周子毅：不畏严寒 冒死勇救落水老人

湖南师范大学化学化工学院
青年传媒中心采编工作部

周子毅，男，湖南宁乡人，共青团员。湖南师范大学化学化工学院 2014 级化学专业本科生。大学期间担任实验室助理实验员和实习队队长，于 2018 年获得“湖南好人”称号，且荣登“见义勇为”好人榜。

2018 年 3 月 14 日，一面“舍己救人，奋不顾身”的锦旗被送到了湖南师范大学化学化工学院，这面锦旗背后蕴藏着一份感激、一段故事、一个英雄——湖南师范大学化学化工学院 2014 级化学专业周子毅。

天寒地冻水亦冷，热血温暖化坚冰

2018 年 1 月 25 日晚，长沙地区寒流将至，气温已达到零下 1℃，暴雪即将来临，部分地段开始结冰，寒风刺骨。家住宁乡市东湖塘镇正在家中休息的周子毅，突然听到门前水塘传来疑似有人落水的声音，他敏锐地意识到有人掉水里了。透过二楼的玻璃窗望去，只见一人正在水塘里挣扎。来不及思考，顾不上穿鞋，周子毅快速向楼下水塘冲去，纵身一跃跳入塘中。落水者面部朝下，大半个身子已没入水中，寒冷刺骨的塘水，加上肺部呛水，落水者几乎失去知觉……凭着对水塘的熟悉，周子毅快速游到近前抓住落水者，将落水者的头托起一看是隔壁的聋哑老奶奶。由于老奶奶衣服进水，加上其神志不清，他用尽了全身所有的力气才把老奶奶拖上岸。由于肺部大量进水，遇险老人生命危在旦夕，情况刻不容缓，120急救车当即将老人送往宁乡市人民医院抢救。在ICU病房抢救5天后，老人才转危为安，医生说，如果再晚几分钟获救老人就没命了。

英勇救人立榜样，高尚品质树新风

3月14日下午3时，湖南师范大学化学化工学院会议室传来阵阵掌声，时任院长陈波、党委书记于风江接过一面锦旗，锦旗上“舍己救人，奋不顾身”的八个字分外显眼。“老师们好！今天我就是专程过来感谢我妈妈的救命恩人周子毅的！”携带锦旗的易女士激动地对学院领导说。易女士重新回忆了1月25日晚上的事发经过，并补充说：“到医院后，CT扫描发现我妈妈的肺部大量进水，情况非常危急，医生说如果再晚几分钟，我妈妈就没命了。在ICU病房抢救5天，才转危为安，前后住院半个月才康复出院。周子毅是我妈妈的救命恩人，感谢周子毅，感谢湖南师范大学培养出这么好的学生。”话语朴实却句句饱含感激之情，在座者听了无不动容，更被周子毅不畏严寒，不顾个人安危勇救老人的事迹感动得热泪盈眶。

湖南师范大学化学化工学院对此高度重视，当天下午，时任党委书记于风江带领学工队伍立刻驱车前往周子毅家乡宁乡市东湖塘镇慰问了落水老人和周子毅的家人。

看到学院领导来访，被救老奶奶大老远的在自家楼上挥手示意，连连竖起大拇指，用手语还原了当时的情景，并表达了对周子毅的感谢。

乐于助人好家风，无私奉献显精神

据了解，周子毅的父母都是普通农民，常年在外务工，已经过世的爷爷曾经是当地凫山学校的校长。爷爷对周子毅有着极大的影响，爷爷爱生如子、德高望重，村里的老一辈人都深深记得这位老校长，也记得那时还是孩童的周子毅——自小品学兼优，天生一副热心肠，助人的好事不胜枚举。聊起周子毅此次救人，村民们纷纷竖起大拇指："天气那么寒冷，他又不擅长游泳，毫不犹豫跳入水中，这需要多大的毅力和勇气，他的行为温暖着乡亲们。"

时任湖南师范大学党委书记李民获悉此事后，对周子毅给予了高度赞扬，认为"周子毅同学不顾严寒和个人安危，勇救落水老人，是被誉为'英雄成长的沃土'的湖南师范大学涌现的又一位英雄大学生，是年轻大学生践行社会主义核心价值观的典范。"

当时主管学生工作的周俊武副校长也作出了批示："向周子毅同学表示敬意，做好宣传，树好榜样！"

"听了周子毅救人的事情我非常的感动，当代大学生的'大爱精神，青年担当'的品质在周子毅身上淋漓尽致地体现了，作为他的老师我非常的骄傲和自豪！"时任湖南师范大学化工院院长陈波说。

个性腼腆，却十分负责，这就是辅导员罗艳眼中的周子毅。

平时周子毅为人诚恳，关心集体，乐于奉献，是班级的积极分子，大四安排他担任实习队队长，责任心强，积极为同学们服务。罗老师说："对于周子毅来说，英勇救人看似是个偶然事件，但在我看来，却是在他极高个人素养下的必然行为！"

勤奋好问，尊重师长，这是周子毅的毕业论文指导老师谭蓉对他的评价。教育实习之后，当别的同学想要旅游休息缓口气的时候，他马不停蹄地披上实验服，戴上护目镜开始了毕业论文的实验部分。"他每天和我的研究生同时进出实验室，对自己的要求和研究生的一样，现在已经提前完成了实验部分。"谭蓉老师说。

认真细致，乐于助人，这就是同学们心中的周子毅。义务帮助一位来自医学院的女生补习化学知识；逢年过节，从不忘记给班上同学发祝福短信；备考月，主动给同学分享复习资料；虚心接受上台讲课时同学指出的小错误并不断改进；帮同学们占座……"他在班级里就是大家的小太阳！"同学陈雪璐如是说。

爷爷作为一名老教师、老校长，教书育人，燃烧自己，奉献他人，爷爷的言传身教潜移默化地影响着他，为社会奉献的责任感在他幼小的心灵中生根发芽：周子毅的经济情况很一般，懂事的他考虑到父母在外务工，为了尽早减轻家庭负担，同时也为社会奉献自己的一份力量，毕业后想直接从事教育事业，成为一名人民教师。就像同学们说的，周子毅就是一个小太阳，有他的地方就永远有着亮光！

谈到大学生活时，周子毅说，自己各方面快速成长，和学院的培养是分不开的。在这样一个有爱的大家庭里，他学会了以大爱助人，以无私对人。正是"乐于助人"的好家风，"仁爱精勤”的好校风，“勤勉严谨”的好学风，铸就了这个关键时刻挺身而出的大学生英雄。英勇救人，只是他成长岁月里的一小断惊险的插曲，只是周子毅眼中的“小事”，正如他在事发后云淡风轻地发的一条QQ说说“死神又少赚了一个”，而未来的漫长岁月里，我们相信，社会又多拥有了一个满怀热情、乐于助人的雷锋式好青年！

来源：微C网络文化工作室

孝爱躬行，歌情感之至诚

邓榕：融为中国梦践行者坚实的一份子

湘潭大学研究生会

邓榕，男，1989年出生，中共党员，湖南岳阳人，湘潭大学历史系2013级国际关系专业研究生。在校期间，曾先后担任湘潭大学孝行协会秘书长、理事长，湘潭大学青年发展研究中心主任，共青团湘潭大学委员会（学生）副书记等职务。曾获国家奖学金、“全国优秀志愿者”“全国优秀共青团员”“全国孝亲敬老之星”“中国大学生自强之星”、《中国研究生》杂志封面人物（入围）等荣誉。

孝行之路 · 从象牙塔出发

大学四年，作为一名志愿者，邓榕以青春的名义起誓，以孝行者的身份践行，号召、倡导、影响身边青年传播中华孝道，凝聚志愿服务力量，关爱空巢老人。

大一时，邓榕加入全国首家大学生孝行志愿者组织——湘潭大学孝行协会。自加入协会后，先后担任孝行志愿者、宣传部部长、秘书长、理事长。他组织志愿者服务空巢、困难老人近两万名；感召社会各界人士给弱势群体捐款50万元；连续两年组织1000余名志愿者赴湖南省岳阳县、祁阳县、慈利县等14个县区开展人口老龄化主题调研；建立孝心服务基地8个；组织开展了“心怀天下·孝心行”“笑脸计划”“红歌下乡”“空巢计划”“关爱红老计划”等一系列特色活动。为更好弘扬中华孝道文化，邓榕和协会组织发起湖南省首届大学生孝文化节，历经8个月精心策划，于2012年3月7日在湘潭大学启动。中南大学、湘潭大学、湖南师范大学等53所高校、30多万名青年学子参与，先后创建孝心班级282个，创建孝行团队300余个，创建孝行网络空间近500个，发送孝文化主题微博5万余条，征集书画、摄影、故事、视频、创意等孝文化艺术类作品4000余份，服务老人达13万余人次。

2013年3月5日，“湖南省首届大学生孝文化节”在湖南省首届学雷锋志愿服务颁奖典礼中，作为湖南省高校志愿服务项目唯一代表荣获“2013湖南省学雷锋优秀志愿服务十佳项目”。2013年9月，湘潭大学孝行协会作为全国高校社团唯一代表荣获第一届“全国敬老文明号”称号。

期间，邓榕注重实践与理论的结合，先后组织参与多个课题、项目的撰写工作，包括：2011年湖南省普通高等学校校园文化精品建设项目《大学生孝文化节的建设机制》；共青团中央2012～2013年度青少年和青少年工作研究课题《当代大学生弘扬孝道文化的价值及实现途径探究》《当代大学生“学雷锋志愿服务活动”常态化机制建设的实践与探索——以湘潭大学“雷锋公司”为例》；教育部思想政治工作司评选2012年高校校园文化建设优秀成果《湘潭大学2012年高校校园文化建设优秀成果申报》等。先后组织参与多个调查报告的撰写，包括：《农村老年人如何发挥余热调查报告》（2011）；《农村老年人社会保障制度调查报告》（2011）；《湖南省内各高校孝文化调查报告》（2011）；《湖南省老年人权益法律保障体系研究调查报告》(2012);《湖南省老年人社会价值开发及利用》(2012)等。

邓榕和协会的行孝事迹得到人民网、《光明日报》《大公报》《湖南日报》等媒体专题报道百余篇,其中《光明日报》以“一群大学生的孝行故事”等为主题，对其进行了17篇系列报道。全国政协原副主席毛致用、时任中共湖南省委书记张春贤、杂交水稻之父袁隆平院士、著名文化学者王鲁湘等社会各界人士对其行孝事迹给予高度评价。2012年中国老龄事业发展基金会原理事长、民政部原副部长李宝库为湖南省大学生孝文化节题词：读尽天下书，无非一孝字。

青春之歌·让志愿更有力量

2011年暑假，海南香蕉滞销，得知这一情况后，邓榕发起“聚蕉活动”，筹集资金700元，网购海南香蕉500斤，送给敬老院的老人。志愿者们也通过自己的行动感染了众多社会人士。

在湘潭市湘潭县响水乡青竹村开展活动时，有人捐款500元给老人，不肯留下名字，只是说：“你们做的事情很有意义！”有企业捐了2台太阳能热水器给敬老院，还有很多青少年志愿者参与服务。

2012年3月，邓榕开始了帮扶身患尿毒症的大学生胡志鹏的行动。胡志鹏，湘潭大学兴湘学院2009级工商管理专业学生，家住衡东县杨林镇双丫港村。家中本来有6口人，两个姐姐因病相继去世；年近八旬的奶奶双目失明，双耳失聪，常年卧病在床；母亲患腰椎病和白内障，视力微弱；2012年3月，胡志鹏的父亲被诊断为肺癌晚期，而胡志鹏于2011年1月，被确诊为尿毒症晚期。邓榕了解情况后，主动联系其所在班级同学和湘潭大学公益社团组织，通过微博发动、线下摆点募捐、寻求媒体报道等方式，呼吁广大师生和社会人士帮助胡志鹏。2012年4月17日，邓榕组织发起"关爱生命·关注志鹏"特别行动，2000名湘潭大学师生和社会各界人士在湘潭大学毛主席铜像广场冒着倾盆大雨为胡志鹏同学加油助威。青年作词家彭亮和国家二级作曲家江晖特别谱写歌曲两首：《爱是一家人》和《我们的梦没有终点》，并分别邀请军旅青年歌唱家谢佳卿、《星光大道》月冠军张映龙倾情演唱；30家媒体记者扛着设备等，冒着倾盆大雨，驱车4个小时，行走1个小时，抵达帮助对象胡志鹏家中探望。截至2012年底，共为胡志鹏募集善款40余万元。

当意识到只有找到合适肾源，才可以帮胡志鹏解决根本问题时，邓榕又开始了新的征程，为胡志鹏寻找肾源的呼唤再次响起，作为胡志鹏对外联络的窗口，邓榕接到许多爱心人士的电话。

人生之梦·视奉献为第一要义

2012年3月5日上午，邓榕作为湘潭市学习雷锋榜样在东方红广场带领一千余人宣读学习雷锋宣誓词。2012年3月5日下午，时任湖南省委教育工委书记、湖南省教育厅厅长王柯敏将邓榕等三位学生列为湖南省雷锋式学生典型。2012年5

月 30 日，邓榕作为全国优秀青年志愿典范受邀参加湖南省“红领巾心向党”“六一”主题活动并发言。

2012 年 7 月，邓榕在湖南省文明办志愿服务工作处实习，在全省积极推广志愿者网络注册工作。2012 年 10 月，邓榕投入为家乡农民工、环卫工人维权的征途，历经两个月的艰辛付出，通过媒体督促报道、法律援助等途径，与当地政府多次沟通，岳阳市云溪区环卫工人全体成员 100 多人的工资由之前的每人 850 元 / 月，增加到 1050 元 / 月。

2012 年 12 月 23 日，邓榕组织并全程参与了由张家界市人民政府主办，张家界市旅游局、香港《大公报》大公论坛、大公网湖南频道、天涯社区、腾讯微博、腾讯大湘网、都市 105 电台、湖南惠民农村留守儿童学前教育基金会等联合承办的关爱留守儿童特别行动。2013 年 1 月 15 日，邓榕以香港《大公报》实习记者的身份，搭车 5 个小时，步行 2 个多小时，抵达岳阳东洞庭湖国家级自然保护区，与湖南卫视、湖南公共频道等记者一道，于第一时间赶赴现场，了解、参与保护候鸟的公益活动。

2013 年 3 月至 8 月，邓榕在共青团湖南省委志愿者行动指导中心实习期间，积极协助部门做好全省关爱农民工子女行动、创建“雷锋号”志愿者工作站等工作，并组织参与了 2013 年湖南省大学生志愿服务西部计划志愿者培训、出征等系列工作。

2013 年，邓榕因表现突出，被母校湘潭大学免试保送攻读本校历史系国际关系专业研究生。回顾大学四年，总在风雨中兼程。研究生阶段对于邓榕来说，又是全新的开始。作为湘潭大学志愿者中心主任，邓榕将与湘潭大学各公益组织一起，把公益爱心传递到更多的角落，把公益梦播种到更远的地方。在这个过程中，邓榕的团队积极筹备了“首届中国大学生孝文化节”项目，致力于孝道文化传播，让天下的父母、老人更加幸福。

以青春名义起誓，视奉献为第一要义，就如最初一样，邓榕朝着明天进发，书写着无悔的青春，而他依然坚信，在党的正确领导下，未来会更加美好。

来源：湖南省教育厅

何平："向日葵女孩"的逆境与坚强

多吉　杨宝光

何平，女，1991 年出生，中共党员，湖南浏阳人，湖南科技大学外国语学院 2009 级学生，为照顾困难的家庭，她毅然带着弟弟上大学，带着全家读研，被誉为"向日葵女孩""最有担当的 90 后大学生"，荣获"中国大学生年度人物""中国大学生自强之星"、首届中国大学生孝文化节"十佳孝行学子"、第四届"湖南省孝老爱亲道德模范""湖南省青年五四奖章"等系列荣誉。

"我觉得生活从来没有亏待过我，我一定要好好地努力。"站在中央电视台《青年中国说》的舞台上，何平微笑着说。

她手里的旧记事本上写满了密密麻麻的欠账记录，其中 1 元、2 元居多。"这是 2008 年的 40 多天里，我在街边找好心人募捐来的。"那一年，何平 17 岁。

和其他 90 后孩子一样，何平喜欢花，尤其是向日葵。大学期间，何平宿舍的墙上贴了很多向日葵的图片，她说："人就要活得像向日葵一样，永远向着阳光，向着希望，向着向上的方向。"从那时起，"向日葵女孩"的称呼逐渐传开。

但是，和其他 90 后孩子又不一样，命运交付给何平的是整个家庭，且命运，也从未对她心慈手软。

坚强：5岁挑起家庭重担

1991年，何平出生于湖南浏阳农村。幼年时，母亲因脑膜炎耽误了治疗而导致间歇性精神病，父亲因一场车祸致残。

5岁起，何平就包揽了家务。抱着扫地的扫帚比自己还高，提着给全家人洗衣服的水桶比自己还重。到了能够着砧板的年纪，何平还揽下了做饭的重活，切菜不小心切到了手、油锅里的滚油溅到脸上烫起了泡，她都默默忍受着。

在同龄孩子撒娇哭闹时，何平告诉自己：我和他们不一样，我要自己挣钱交学费。为了挣钱，何平5岁起就开始跟着伯母在手工小作坊或花炮厂给鞭炮插引线。

妈妈三级智力残疾，生活中的一切都是何平打理，连妈妈用的卫生巾都是何平买的。

一次，细心的何平发现给妈妈买的卫生巾好像很久都没用过，慌忙去问婶婶："我妈好像病了，上次给她买的卫生巾她一直都没用。"婶婶说，应该是怀孕了。

何平连忙哄着妈妈去医院检查，果然，妈妈怀孕了。

这年，何平11岁，尚未初潮。妈妈怀孕期间，何平担心妈妈乱吃东西，每天一回家就不停地对妈妈说："妈，你千万不能用冷水洗脚；你别捡人家扔掉的东西吃；走路慢一点，可不能跑啊；我每天给你五毛钱，你买零食吃……"

在妈妈面前，何平承担着"妈妈"的角色，平静而坦然。

何平12岁那年，妈妈生下了弟弟何君。这个弟弟，对普通家庭来说是喜添男丁，而对何家来说，无疑负担更重了。

但何平十分疼爱弟弟，担心妈妈睡着后压到弟弟，所以弟弟从一出生就跟她睡另一张床。每夜弟弟要吃两三遍母乳，何平就把弟弟抱到妈妈床上，掀开呼呼大睡的妈妈的衣襟，帮弟弟喂奶，等弟弟吃饱了再抱回来。

那时只有 12 岁的何平也困得不行，她就逼自己看课本，既不会睡着，也复习了功课。

弟弟吃奶很调皮，每次都要吃很久，有时何平见他嘴不动了，就抱他回去，结果他哭着还要吃，其实是留恋妈妈的乳头和体温。

几经折腾，何平买了个奶嘴，在弟弟停止吃奶时，迅速替换成奶嘴，然后把弟弟抱回自己床上，放在自己怀里。她就这样照顾弟弟吃了 3 年母乳。

从何平记事起，爸爸每天都要煎中药、吃西药，每个月仅药费都要不少钱。何平高二那年 3 月，爸爸因脑出血中风，颅内积血，要马上做手术，仅开颅手术一项就要几万元，再加上住院费，要 10 多万元。

同年 8 月，患有心脏病的弟弟突然发病，需立即手术。何平一边在医院通宵达旦照顾父亲，一边想方设法为弟弟筹手术费，而在家的妈妈频频发病，离家出走。分身乏术的何平又得焦急地寻找走丢的妈妈……

到哪里去筹爸爸和弟弟的手术费呢？能借的亲朋都借遍了。债务累累借无可借时，何平想过辍学，甚至连辍学打工的地方都定好了，最终被时时关心着她的老师劝回了学校，才有机会继续准备高考。

何平最后只好去募捐。她准备了一个账本，认真地记下每一位给了钱的亲友、路人的名字和金额，她要记住别人对她的好，也希望将来能够偿还。

“都说我是个命苦得不能再苦的女孩，但我不觉得苦。”何平说。

“爸爸再累再苦也要远走打工，他羸弱的身影告诉我，他爱我们！妈妈虽经常乱跑，可清醒时会为我编辫子、扎个蝴蝶结。弟弟是我带大的，他两岁时，邻居给了他一根香蕉，他舍不得吃。等我放学回来，他口齿不清地说：‘姐，你吃！’香蕉已在弟弟掌心变得稀软，但那是世上最甜蜜的美味。”

孝心：没什么比家人活着更重要

何平的成绩特别好，经常是全校第一，初二时曾代表浏阳参加中央电视台全国英语风采大赛，语文、政治、历史书，她能整本背下来。

老师让她介绍学习诀窍，她说：下苦功，该记的记，该背的背。煮饭，帮弟弟喂奶，她都利用起来看书。没有课外书，她就把课本当小说。

高中时期，父亲中风住院，何平经常请假出去筹钱，每天晚上回到浏阳市第一中学，就跟老师借教案、跟同学借笔记拼命学习。在她的努力下，爸爸的手术费终于凑齐，手术顺利。

不久，弟弟心脏病发作，还没来得及喘口气的何平又得缺课帮弟弟筹钱。何平的班主任看着这个曾是北京大学种子选手的尖子生，时间都耗在了为家庭奔波上，痛心疾首。

“你这是要辍学吗？你不要自己的前程了？你已经缺课这么久了，你再这样下去，还怎么高考？你就不能等你高考完了再去给弟弟做手术吗？”在高三年级组的办公室里，班主任焦急地说。

何平垂着头，流着泪。她理解班主任的良苦用心，但她此时实在无法把精力集中在学习上。

医生说，弟弟的手术要尽快做。在医院躺了大半年的爸爸哭着对何平说：“在我闭眼之前，拜托你一定想办法把小君的手术做了，否则我死不瞑目！”

一面是父亲的“托孤”，一面是班主任的焦急，何平进退两难，给爸爸做手术已经用了十几万元，家里一分钱都没有了，再也借不到、讨不到了。

走投无路之下，何平想到了去求大医院免费为弟弟手术。她把长沙、株洲、湘潭的大医院列了个清单，一家一家去求。

去长沙找医院的路上，何平一直带着 5 岁的弟弟。她每天早上买几个馒头，作为自己一天的口粮，但会给弟弟吃好的。姐弟俩住最便宜的小旅馆，等弟弟睡着了，何平就赶紧熬夜学习。

她带弟弟来到湘雅二医院，把爸爸的残疾人证、妈妈的残疾人证、自己的学生证和奖状、爸爸的医疗费清单，她借钱的账本、借条、募捐本全给院办主任看了。

主任看后特别感动，帮何平联系到香港郭氏基金，然后上报到湖南省慈善总会，帮何平的弟弟免费做了手术。

弟弟手术的那个月，何平依然缺课在长沙陪护。眼看高考临近，班主任找到了何平的亲戚，恳求说：“请求你们安排人照料一下何君吧，让何平回学校上课。”

2009 年，时常请假缺课的何平，以优异的成绩考上了位于湘潭的湖南科技大学外国语学院。

“这个世界上，还有什么比家人活着更重要呢？”何平说，爸爸和弟弟相继住院，自己觉得天都要塌下来了，“高考，别人的家长全程陪护，我没人陪，只想着多做一题就是胜利。哪怕落榜了也不遗憾，因为爸爸和弟弟都得救了。”

感恩：用自己的故事让更多人坚强

从大一开始，何平每周打 7 份工，比如当家教、打扫教学楼卫生，但工资加起来并不高。爸爸出院后，家里负担依旧很重，何平仍要借钱付医药费。

上大学后，弟弟仍是何平每时每刻的牵挂。虽然弟弟的手术很成功，心脏已完全恢复了健康，但医生告诉何平，何君长期营养不良，发育迟缓。

从那以后，带弟弟上大学的念头就再也无法从她脑海中抹去。在了解了何平的家庭情况和坎坷经历后，湖南科技大学附属小学为何君办理了免费入学，学校也特批弟弟跟着何平住在大学寝室。

为方便照料双亲，何平又将父母接到湘潭，在学校附近租了个单间。早上，何平把弟弟送到学校后，自己去上课。中午赶到学校接弟弟，一起去食堂吃饭，见缝插针辅导弟弟学习，照顾父母的饮食起居。

2013 年，何平以优异的成绩考上了湖南科技大学英语笔译专业研究生。在她的精心照顾下，经过几年医治，妈妈的神智恢复正常了，不但生活能自理，还可以做家务、种菜。手术后完全康复的弟弟也活泼可爱。

哪怕再苦再累，何平从不向爸爸抱怨一声。刚带着弟弟上大学时，她让弟弟打电话给爸爸，说姐姐做家教赚钱很轻松。爸爸瘫痪后缺乏自信和存在感，何平故意向爸爸请教问题，让爸爸给她指导人生。

在湖南科技大学的 6 年，何平带着弟弟和父母上大学、读研，操心全家人的健康和生活。2011 年 3 月，在得知班上新学年贫困生补助名额不够时，何平主动联系班主任退出。

班主任知道何平最困难，何平却说："我已经得到学校和社会的帮助了。"

事实上，这已不是何平第一次帮助他人。

2008 年 7 月底，在《浏阳日报》上，何平看到田家炳中学詹志芳因为母亲身患重病无钱医治，准备辍学去打工。

何平记下了报纸上登的地址，拿出父亲治病报销后余下的一半费用，送到了詹志芳的家里，并写信鼓励他千万不能辍学。

直到 2015 年，詹志芳在媒体帮助下和何平联系上。原来，当年他的母亲虽经医治，最终还是去世了。但在何平的鼓励下，他打消了退学的念头，考上了新疆的一所军校，成为一名优秀的军人。

2015 年研究生毕业后，何平在浏阳广播电视台担任节目主持人和爱心助学形象大使。

2017 年 4 月下旬，她调任长沙，担任共青团长沙市委挂职副书记，推出了长沙青少年思想引领品牌"向日葵青少年思想引领计划"，通过"向日葵姐姐课堂""向日葵姐姐伴成长""何平的心灵小屋进校园"等线上线下相结合的方式，开展青少年思想引领和青年志愿者工作。

作为90后、00后的知心姐姐，何平多次走进大学、中小学和山区的留守儿童学校，做志愿公益，做励志分享。每一次交流时，她都会留下电话号码，希望大家在需要倾诉、陪伴或者帮助时，能够找到她。7年间，她回复了4000多封邮件和来信，QQ空间访问量超过50万人次。

同时，何平在浏阳市39所少年宫和学校筑造了心理疏导的“向日葵姐姐·心灵小屋”，开通了“向日葵姐姐·心灵热线”。作为浏阳广播电视台的公益主持人和爱心助学形象大使，何平会在每个周末的节目中，解答听众朋友们来电或来信中的烦恼，发起或分享近期的爱心助学项目。据了解，节目开办至今，已播出500余期，接到的来信来电达到1300多人次；进校园、进社区70余次。目前已经在浏阳长期资助70多名贫困学生。先后有30多家爱心单位、600多人次志愿参与爱心活动。

“有时候你可能不知道，对你来说的小挫折，可能会让有些人放不下、走不出、想不开，这时就特别需要有个人来拉他们一把，等转过了这个弯，走出来了就好了。”何平说。

来源：《中国青年报》

胡志鹏：志鹏的笑容

唐湘岳

胡志鹏，男，1989 年出生，湖南衡阳人，湘潭大学兴湘学院 2009 级工商管理专业学生，荣获 2012 年度湖南省“芙蓉学子·榜样力量”优秀大学生、首届中国大学生孝文化节“十佳孝行学子”等荣誉称号；2013 年入选“中国网事·感动 2012”网络人物，荣获“最坚强大学生”称号；出版《阅读坚强——“最励志大学生”胡志鹏的故事》，销售额破 100 万。

志鹏的笑容，最令人难忘

2012 年 4 月 17 日晚上 6 时，湖南省衡东县杨林镇双丫港村，湘潭大学学生胡志鹏的家里，又一次集聚了很多人。他们是来看望、慰问胡志鹏的，是来告诉胡志鹏好消息的。

时任湘潭大学党委书记肖国安作为“爱心家书邮递员”，带来了全国人大代表、全国道德模范、湘潭大学学生文花枝和中国老龄事业发展基金会等写给胡志鹏的四封信。

文花枝写道：“同班的、不同班的，同校的、不同校的，认识的、不认识的，那么多善良的人都尽自己的能力献上一份爱心，送上一份祝福，希望你早日康复。这么多来自全国各地的爱心，源源不断送到了你身边，是要你明白，你不是一个人，你我他同在。”

中国老龄事业发展基金会的信中写道："胡志鹏同学：你好！《光明日报》系列报道《一群大学生的孝行故事》发表以来，你的故事牵动着社会各界人士的心。作为湖南省首届大学生孝文化节指导单位，我们于第一时间了解到你的真实情况。在你身上体现的坚韧品质、坚强人格以及对生命敬畏的精神，值得当代大学生学习，应该在社会大力提倡……祝愿你早日重返青春校园。"

17日上午9时，春雨淅淅沥沥，湘潭大学毛泽东铜像广场正在举行湖南省首届大学生孝文化节主题活动——"关爱生命·关注志鹏"特别行动。这个活动由湘潭大学孝行协会发起，中国老龄事业发展基金会指导，湖南省精神文明建设指导委员会办公室、中共湖南省委教育工作委员会、共青团湖南省委员会、湖南省老龄工作委员会办公室和湘潭大学联合主办。2000多名湘潭大学学生和社会各界人士冒雨参加。

一把把雨伞像一朵朵盛开的花。

花在流泪。

"为你撑的伞遮挡了风雨，把乌云变成彩虹的美景"——这是专门为胡志鹏创作的歌曲《爱是一家人》。演唱者军旅青年歌唱家谢佳卿15日晚坐飞机赶来，专程为这次活动义务演唱，她的歌声甜美而温暖。

中央电视台《星光大道》月冠军、青年歌手张映龙随后演唱了另外一首专门为胡志鹏创作的歌曲《我们的梦没有终点》。

青年词作者彭亮与国家二级作曲家江晖得知胡志鹏的事迹后，夜以继日为志鹏打造了《我们的梦没有终点》和《爱是一家人》两首歌曲。他们要把这份特殊礼物献给胡志鹏。

胡志鹏所在班级与湘潭大学孝行协会一起在校园发起募捐活动；湖南省文明办领导联合湖南省志愿服务基金会为胡志鹏筹集应急资金 3 万元；《光明日报》老读者、国防科技大学退休干部张雨亭拿出积蓄，为胡志鹏捐款 5000 元。各界为胡志鹏筹集善款 21 万余元。

志鹏的笑容，人间最动情

时任衡东县委宣传部部长谭春兰递给胡志鹏一张名单和一份表格。

《衡东县“志鹏爱心陪护队”志愿者名单》：

队长：谭春兰（县委常委、宣传部部长）、陈和平（县委宣传部副部长）、赵建（团县委书记）

队员：徐娟（团县委副书记）、李维（杨林镇团委书记）、阳美平（衡东二中团委书记）、刘红丽（县中医院血透室主任）……共 16 人。

胡志鹏每个星期，都要坐公交车去医院做两次血液透析，后来，衡东县中医院的护士自发照顾胡志鹏，在他做血透时，每次有专人陪护，护士还专门从家里给他带来中饭。

胡志鹏仔细端详陪护队时间安排表。从 4 月 18 日到 7 月 25 日，28 次透析，都有专人往返接送、陪护胡志鹏。

谭春兰说：“这是一场爱心接力的持久战。只要志鹏的肾源没有找到，我们陪护队的工作就不会结束。”

从走下汽车到胡志鹏的家门口，一段长长的田埂路。

17 日，天一直下着雨，田埂上很湿滑。前去慰问的队伍有

60多人，其中有20多家媒体的记者。湖南广播电视台的一名记者滑倒在田里，她笑着赶紧爬起来，继续前进。

目前，已经有多家媒体跟进报道。衡东县在县电视台和红网衡东手机报开设救助热线。光明网、湘潭大学校园网上有717条跟帖，鼓励胡志鹏。

衡东县近万人参加了为胡志鹏开展的捐献活动。

胡志鹏爸爸的病情又加重了，现在每天都要吃止痛片。

胡志鹏的家里已经准备了3副棺木，为胡志鹏、爸爸和奶奶作最后的打算……

爱，能创造奇迹吗？！

在胡志鹏的房间里，挂着一本老挂历。挂历封面亮堂堂7个大字："光明在前——毛泽东。"

胡志鹏深情地盯着挂历，说："这本挂历挂了19年。我们家，灾难一个接一个。每当绝望时，我和爸爸就上楼来看这本挂历。光明在前！没有这个精神支柱，我们家早就崩溃了。"

胡志鹏接过记者递上的留言本，写下长长一段话："感谢各位领导、老师、同学的关心以及政府对我的关爱和社会各界人士的关注，让我在黑暗之中看到光明，看到希望。让我很温暖，让我不孤单。我会更加努力地面对生活，坚强地活下去。我相信，风雨后就是晴天！"

胡志鹏一边写，一边笑。

"你为什么总喜欢笑？"

胡志鹏回答："我本来是个开朗乐观的人。这些年疾病缠身，家境逆转，我一下子就成为两个人了，一个是哭在心里的我，一个是笑在脸上的我。我去外面看病都是一个人扶着墙去扶着墙回。看着别的病人都有人陪，而我却孤单，想着想着就哭了，我哭不仅是悲伤，还恨自己不够坚强。回到家中见到爸爸妈妈时又马上转哭为笑。我‘笑’，是为了孝敬爸爸妈妈。爸爸癌症晚期，留给他的时间不多了，不能因自己的情绪加重他的病情，妈妈已失去两个女儿，眼下只有我这条随时都有可能离开她的命根了，她已经够伤心的了，再不能让她看出我被病魔折腾得难受的样子，我要强迫自己笑。我同他们讲笑话，朝着他们笑都是表现自己的坚强，让他们在精神上轻松一点，这也是我做儿子唯一能尽到的孝心了。”

原来，笑是为了孝啊！胡志鹏的笑容，是世界上最坚强的笑容！

湘潭大学一个校友已经承诺，负责胡志鹏肾移植手术的所有费用。衡东县人民医院计划为胡志鹏的妈妈免费做白内障摘除手术。

胡志鹏又笑了。此时此刻，志鹏的笑容是天底下最幸福的笑容。

来源：《光明日报》

吴步晨：妈妈，我是你的眼
——95 后大学生十余年带失明母亲上学

谢樱

吴步晨，男，1995 年出生，安徽巢湖人，中南大学土木工程学院 2013 级学生。先后获得第十一届“芙蓉学子·榜样力量”自强不息奖、中南大学第七届“自强之星”“湖南十大教育新闻人物”“中国大学生自强之星”“安徽好人”等荣誉称号。

从 11 岁起，吴步晨就开始独自带着双目失明、体弱多病、失去生活自理能力的母亲求学。十余年来，95 后的他充当起了母亲的“双眼”，带着母亲领略这个世界的繁华冷暖。

1995 年，吴步晨出生在安徽省巢湖市一个普通的农民家庭。2006 年，母亲身患脑膜瘤，高额的手术费用让本就不宽裕的家几乎一贫如洗，不堪重负的父亲留下了一句“我出去打工挣钱”的话后就再也没有回来。11 岁的吴步晨不得不开始用瘦弱的肩膀挑起照料母亲的重担。

由于脑膜瘤压迫视神经时间过长，母亲的视神经萎缩导致双目失明，失去了劳动能力和生活自理能力。母亲每天以泪洗面，吴步晨一边照料安慰深陷痛苦中的母亲，一边加倍勤奋学习，以优异的成绩被中南大学土木工程学院录取。

“绝不能丢下妈妈。”为照顾母亲，吴步晨在学校附近租了一个廉价的地下室住下，每天早起给母亲做好早饭再匆匆赶往学校上课；中午去菜市场买菜给母亲做午饭；下午下课后就去做家教，之后回到家中给母亲做晚饭。母亲无法出门，他买来二手收音机和电视机，让母亲听听声音排遣寂寞；母亲身体很虚弱，隔三岔五就有毛病发作，他就不停地在学校和医院奔波……

因为看不见，母亲在家时刻面临着危险。“最怕母亲使用电器时触电。”吴步晨在家里给母亲做了简易的无障碍设施，通过在墙角设置一根长绳，来引导母亲安全顺利地达到屋里的每个角落。

生活的重担并没有影响这位阳光男孩的学习。吴步晨努力挤出零散时间学习，在课程最为紧张的大三，学院的自习室里每天都有他的身影。汗水与泪水换来了各种国家级、校级奖学金，各类荣誉称号与表彰，还有物理、化学、数学、测绘等多学科竞赛获奖，他更是以专业排名前 10% 的优异成绩顺利保研。

学校给予的帮助让他非常感恩。申请学费减免，后勤部门为其提供了一套免费校内周转房，任课老师给予他经济上的支持……吴步晨也力所能及地参加“美丽长沙，文明地铁”“岳麓区敬老院志愿服务”等志愿服务。“想要把自己得到的温暖传递出去，帮助更多需要帮助的人。”吴步晨说。

毕业前，吴步晨给妈妈准备了一份“毕业礼物”。“因为一直生活拮据，更没有时间，没能带妈妈出去玩。妈妈爱听相声，离校前，我特意买了两张相声票，就当是儿子的补偿。”吴步晨说，“以后不管去哪里学习、生活，我都会带着妈妈，我是妈妈的眼。”

来源：新华视点

陈君君：这是人间最温暖的贴近
——“木偶爸爸”不死

蒋海文

陈君君，女，1988年出生，湖南永州人，湘潭大学兴湘学院2008级英语专业本科生，公共管理学院2012级硕士研究生。她带着生活无法自理的父亲一起上大学，被称为“最美女大学生”，荣获“全国孝亲敬老之星”、首届中国大学生孝文化节“十佳孝行学子”等系列荣誉。

因患免疫性侧听神经脑瘤，陈善民全身瘫痪，而且重度面瘫，被称为“木偶”。

困难面前，母亲弃家而走。年仅8岁的女儿却毫不气馁，她不但要爸爸活下去，而且还要他活出尊严。在救治父亲的过程中，女儿还帮助小舌坏死失语的父亲独创了气流语，打开了父女交流的死结。正是这世界上独一无二的交流方式，让“木偶”爸爸的生命之门被重新打开，他也一次次打破医生诊断他最多只能活一年的预言……

转眼，当年的小丫头已长成了亭亭玉立的大学生。2012年4月，这个一直带着父亲上大学的坚强女孩，还一举考上硕士研究生——

厄运来袭，女儿是“木偶爸爸”活着的唯一理由

陈君君 1988 年 8 月出生在湖南永州市东安县芦洪市镇白木村，父亲陈善民在县陶瓷厂当工人。

1990 年 11 月，陈君君刚满两岁，陈善民突然耳内疼痛、头晕、面部麻痹，吃饭时呛咳。妻子赶紧将丈夫送往同济医院。结果诊断陈善民患上免疫性侧听神经脑瘤，必须马上进行开颅手术，否则随时会因神经脑瘤压迫脑干损伤导致大出血死亡。经过再三权衡，陈善民选择了手术，病情得到了缓解。

然而，1991 年 3 月，陈善民旧疾复发。这次手术，虽将他从死亡线上拉了回来，但却带来了一系列痛苦的并发症：失声、面瘫、双耳失聪等等。祸不单行，1996 年，陈善民所在的陶瓷厂破产，他被迫下岗了；这年 6 月，妻子不堪重负，弃家出走。

2001 年，陈善民的病情一天天恶化。喝水、吃饭特别容易呛住，有时水、饭菜会直接从鼻子里呛出来。由于面瘫，陈善民的脸完全变形，看上去十分呆滞，同学们都嘲笑陈君君有一个“木偶”爸爸。

从那以后，陈善民开始强忍病痛的折磨，力所能及地做一些家务，而懂事的小君君对父亲十分体贴，为了让父亲安心养病，她每天一清早，上学之前，将父亲弄脏的衣物洗好，晚上回家，再帮他按摩……

2003 年的一天晚上，陈善民的脸上突然露出极其痛苦的表情，他拿起笔，艰难地写道：“爸头好疼。”面对君君的含泪求助，医生说，这是后遗症，无法避免。

此后，陈善民的头痛从每周一次发展到了每天一次。2003年，由于神经瘤扩散到骨骼，他全身瘫痪了，两只手严重萎缩，写不了字，父女俩无法交流。

父亲患病后，姥姥一家没人过问过。爸爸白天由爷爷照顾，叔叔也过来帮忙，陈君君主要负责晚上。

不幸的是，一年后，由于爷爷年事已高，而且患有严重的类风湿，叔叔一家负担起了照顾爷爷的重任，无暇再顾及君君和爸爸了。当时陈君君已经是东安县第一中学的初三学生，她便一个人承担起了照顾父亲的重任。幸好陈君君家离学校不远，她白天在学校上课，课间便抽空跑回家照顾爸爸，遇到邻居家不出工时，便委托他们帮忙。晚上，依旧是由她一个人负责照顾。

因为写字能力丧失了，和外界完全失去了交流，陈善民陷入空洞无声的世界，女儿只有通过父亲的眼神体会他的心思，却经常误解，这让陈君君焦虑万分。

2004 年 9 月的一个深夜，陈君君被一阵阵奇怪的“扑扑”声惊醒，当她起身察看父亲时，忽然看到父亲大张着嘴巴用力地吐气，陈君君吓得哭了起来。

晚上，陈君君又听到了父亲发出的急促声响。警觉的陈君君马上惊醒了，这一次她听到他的声音和以往不同，好像是电台的发电码。她连忙仔细聆听，发现那股气流是翘着舌头“写蛇”谐音的字，而且后一个字因为舌头卷起来了，产生很强烈的爆发音。陈君君反复念读着，可就是不懂是什么意思。她看到父亲的眼睛通红，直直盯着她看，似乎有事情想告诉她。很快，陈君君闻到异味，她赶紧帮父亲洗干净。

后来，父亲的排便次数变得多了起来。陈君君仔细回想，似乎每次陈善民都发出过“写蛇”的声调。难道爸爸是在告诉我他要解大便？陈君君仔细咀嚼着这两个字，“写蛇”，前一个是平舌音，后一个是翘舌音，因为父亲的舌头只能轻微翘起，所以前一个字完全听不懂，但后一个“蛇”和什么字相近呢？陈君君把所有涉及大便的字都想了一遍，最后觉得父亲可能是在说“解手”。然后陈君君写字问父亲：“爸，你是不是在说解手两个字啊？是，你就连眨两下眼睛。”果然，父亲眨了两下眼睛。陈君君抱着父亲激动地哭道：“爸爸，我们有办法交流了……”

苦难中的涅槃，孝心女儿带父亲闯过生命难关

也许是和女儿的默契，让陈善民又有了活下去的勇气，他终于又开始吃饭了。陈君君决定从中找到一个交流的规律，能让父女俩感受到彼此生死相连的亲情。

通过摸索，陈君君发现，父亲虽然卷舌头的力度很小，但是仔细分辨，还是可以听出是翘舌音，而翘舌音只能选择爆破音的音节才能听清楚，而平舌音因为吐气舌头不卷，听起来很轻，但可以联系后面的翘舌音懂得所要表达的意思。为了清楚地表达，陈君君建议爸爸尽量让语言表达简单一些，比如肚子饿，这几个字只有“饿”是翘舌的，变成了“数四饿”，反而听不清楚语义，陈君君就给父亲建议，遇到连续两个都是平舌音的字，就变通成三个字，变成“想吃了”，由于父亲舌头卷起的力度很弱，所以只能吐出“西”的气流。后来，陈君君就和爸爸约定了一个字表，将日常常用的一些字总结起来，针对

父亲对翘舌音卷舌困难的字，她都用卷舌力度轻的相近字来代替，比如“西”代替“吃”字，“水”用“虚”代替，“痛”用“特”代替。然后整理成一张《千字谐意表》，有空就和父亲一起念，帮父亲把每个字记在脑子里。从此，这个世界上多了一种最美丽的亲情语言——气流语。

2005年3月，在亲人的资助下，病情恶化的陈善民住进了中南大学湘雅医院接受治疗。湘雅医院的主治医生建议手术，并断言如果不做手术，陈善民最多只能活5到6个月，即使是手术，也最多只有一两年的生存期，因为一年后神经脑瘤可能衍生。闻讯，陈君君哭成了泪人：“我爸爸已经三次开颅，他已经无法再承受手术。医生求求您想想别的办法吧。”医生摇摇头说：“病人能活到现在已经是个奇迹，只有手术才能延缓他的生命。”面对高昂的手术费，已经债台高筑的陈善民无奈地放弃了手术。

回到东安老家，陈君君陷入无限悲苦与绝望之中。陈善民情绪异常焦躁，他用气流语说：“君君，爸爸在世上的时日已经不多，死后遗体捐赠给医疗机构做研究。爸爸最不放心的就是你！”陈君君泪雨滂沱，在纸上写道：“只要您活着，我就会好好照顾您。”

像往常一样，那天晚上，陈君君先帮父亲洗脸、洗脚、擦身子，然后再为父亲擦活络膏、做按摩。她期待“木偶爸爸”生命的转机。

在陈君君的安抚中，陈善民逐渐进入梦乡。此时，陈君君已经疲惫不堪。望着父亲没有表情的脸庞，陈君君的心碎了。她用脸轻轻地贴近父亲的脸庞，泪水在不自觉中顺着脸颊流了下来，打湿了父亲的脸。微弱的灯光下，她惊奇地发现：面瘫的父亲脸部竟然有了轻微的颤抖。“这不是幻觉吧？”陈君君简直不敢相信自己的眼睛，自从父亲第二次手术后，他的脸部就从来没有过任何表情。陈君君再次凝视父亲的脸，证实这确实不是幻觉。那晚父亲不但脸部微微颤抖了一下，而且睡眠也比以前好，鼾声小了，而且睡得很香。难道面部肌肤的温暖贴近可以缓解父亲的病痛？

绝望中，陈君君似乎看到了一线生的希望。第二天，陈君君起得特别早，而且特意延长了父亲面部按摩的时间。陈君君将脸贴近父亲的脸庞，并询问父亲的感受。这个时候，父亲显得比较安静。“好像有股电流流过，有点尔（麻）。”陈善民用气流语告诉女儿。

那天，陈君君感觉到从未有过的幸福。她迫不及待地骑着自行车赶赴县城。来到网吧，陈君君打开网页，输入关键词。结果显示：在人体穴位感应中，可兴奋细胞无论处于安静状态还是激活状态，都具有生物电现象，一旦人和人的温暖肌肤相贴，就能在穴位的神经细胞产生 0.1 伏特电流。

为证实贴面能改善父亲的病情，陈君君在网上搜集了大量资料，并请教了永州市人民医院中医科的一位主任医师。陈君君得知，通过面部肌肤的温暖贴切，可以刺激穴位，活络面部神经。这更增强了陈君君的信念：“木偶爸爸有救了。”陈君君还咨询医生得知，通过按摩心口的膻中穴，能安抚神经系统，平静情绪，镇痛。陈君君这才恍然大悟，为什么自己小时候趴在父亲胸口安慰父亲时，父亲会显得平静安详。从此，每天晚上，陈君君就会穿着单薄的衣服抱着父亲僵硬的身体为他带来温暖，通过长时间的接触刺激穴位。怕枕头会让父亲的头脑不舒服，她每天晚上还不忘用手垫着父亲的头部，让父亲枕着自己的手入睡。

在陈君君的悉心照顾下，陈善民的病情有所改善，右手能慢慢举起。但是，每每看到孱弱的女儿既要学习，又要照顾自己，正值花季却从未享受过该有的阳光和快乐，自责就会充斥陈善民复杂的内心。

2007 年 1 月初的一个晚上，女儿去帮爸爸熬药，很久才出来。陈善民急忙问女儿怎么了，陈君君内疚地告诉父亲："我趴在炭炉子旁边睡着了。"陈善民心疼得要命。"乖女儿，爸爸户（废）了，不连累你了！"当晚，他开始绝食。无论女儿怎么恳求，他就是用舌头抵住饭碗，不肯吞下一口饭菜。

陈君君"扑通"一声跪在地上，酸楚的眼泪夺眶而出："爸爸，你走了，女儿就是孤儿了，你忍心吗？再难有女儿在，爸爸要好好活着，女儿才有希望啊……"看到女儿泪流满面的样子，陈善民无比心痛地用气流语说："爸爸不息（死），君君也不息（死）。"父女俩抱头痛哭。当晚，陈君君在日记中写道："父亲是一个非常脆弱的生命，我要用自己年轻的生命激励父亲生的希望。"

为了使父亲低落的心情变好，陈君君有意识地激发父亲的求生欲望。一有机会，陈君君就给父亲讲一些发生在别人身上的奇迹，让父亲乐观了很多。

高中三年，陈君君一边刻苦学习，一边借助观察和改进面贴的方法，结合药物，来提高父亲面瘫恢复的疗效。令她没想到的是，这种方法神奇般地遏制了父亲脑部病情恶化，陈善民的生命一天天被延长了。

2008 年 9 月，陈君君考取了湘潭大学。邻居们得知后，连连惊叹。收到录取通知书的那一刻，陈君君异常平静，掠过她心头的只是短暂的喜悦。她不得不为每年 1 万多元的学费发愁，最令她担忧的是她走了，谁来照顾重病缠身的父亲啊？一种念头在陈君君的脑海里闪现：带着父亲上大学。当陈君君将这个想法告诉陈善民时，立刻遭到了父亲的反对。

“乖女儿，不要挂念我，你好好去读书就行了，我你可以放心。”借着口型与父女间默契的手势，陈善民表达了自己坚决的态度。无奈之下，陈君君只好放弃这个想法。上大学临走前的那个晚上，爷爷紧紧握住陈君君的手，老泪纵横。“君君，你别太挂念你爸爸，家里还有你叔叔和婶婶呢。”2008 年 9 月，陈君君带着东拼西凑的生活费，把父亲交给了叔叔婶婶，忧心忡忡地踏上了大学之路。

了解到陈君君的不幸身世，学校为陈君君申请了助学贷款，并安排好了她的住宿。陈君君也给自己制定学习计划：每天早晨 6 点半前起床，晚上 11 点回寝室。

为了赚取每年 1 万多元的学费和生活费，以及父亲的高额医药费，陈君君做起了多份兼职：促销、发传单等，她想用瘦弱的身躯支撑起这个苦难的家庭。

带父上学，女硕士笑傲大山之巅

2008 年 12 月，临近期末考试的一天，陈君君接到邻居的电话：“君君，快回来，你爸爸快不行了，想见你……”原来，父亲肺部感染，病情恶化，医院下达病危通知。陈君君递交缓考申请后，立马赶回老家。

回到家里，看到父亲躺在床上只是默默流泪。陈君君抱着父亲痛哭："爸爸，你快点好起来，我不能没有你。"在陈善民的心里，陈君君就是他坚强活下去的动力。女儿能陪在身边，他的心情才会好起来。

父女情深。陈君君懂得父亲的心思，尽管父亲因为不想影响自己的学习，竭力反对来校让她照顾，但内心却万分渴求能够与女儿生死不离。所以上学期间，陈君君总是牵挂着父亲，每个月都会回家一趟。

经过一个多月的治疗，陈善民脱离了危险。然而，陈君君却再也放心不下父亲。为了更好地照顾父亲又不耽误学习，陈君君下定决心：带着父亲上大学。陈君君不顾父亲和爷爷的反对，将父亲背上车，从永州老家接到了学校。

把陈善民接到学校后，如何安置父亲成了陈君君的最大难题。班主任夏爱丽老师被陈君君的孝行感动，主动帮她在学校里找到了一间 10 余平方米的房间，垫付了房租，并为这对命运多舛的父女添置了简单的家电。为方便陈君君查找资料，同学蒋玉霞将自己的电脑送给了她。为了让父亲睡得舒适，陈君君让父亲睡在较宽的床上，自己在阳台上打地铺。不足 2 平方米的阳台，白天用作厨房，晚上就成了陈君君的卧室。

在"新"的家里，陈君君照顾父亲的忙碌生活开始了。早晨 6 点半起床，烧水，做饭，帮父亲穿衣、洗脸。父亲面瘫，小舌坏死，难以嚥食，陈君君就将菜煮烂，一勺一勺地喂，每顿饭要花 40 多分钟。为了让父亲吃上热饭，陈君君总是把一顿饭分两次做。

多年积累的经验告诉陈君君，人体的温暖软绵是产生细胞电流的最好的途径。她希望通过这种方法将父亲全身神经带动起来。于是，陈君君想通过面贴、拥抱等全身的接触和安抚来为父亲治疗。

把父亲接到学校后，陈君君依然坚持每天抱着父亲，用脸紧贴父亲的脸庞，来激活父亲的神经。陈善民每天在女儿温暖的拥抱中和悉心的按摩中睡去，鼾声持续不断，只有到凌晨 2 点多鼾声才会小一点。陈君君几乎每天都在凌晨 2 点以后才能入睡。

陈善民无法控制大小便，陈君君只能保持浅度睡眠。只要父亲一有动静，陈君君就会搀着他去厕所。基本上每天凌晨 3 点、5 点都要起来一次。陈君君开玩笑说："都习惯了呀，有生物钟呢。"照顾父亲消耗了过多体力，加上紧张的学业，陈君君每天都累得虚脱。但听到父亲安睡时发出的鼻息，陈君君感到很欣慰。

湘潭的冬天特别冷。陈君君租的房子阳台没有封闭，每到晚上，便是寒风凛冽呼啸。陈君君经常感觉到刺骨的冷。一到冬天，父亲的手脚就更加麻木，大小便不能控制，拉湿了裤子也没知觉。陈君君只好每隔一个小时将手放在父亲的大腿边，看是否拉湿了，好及时换洗。有时候，一天要给父亲换洗六次。

女儿的孝行，陈善民看在眼里，痛在心里。他心疼女儿，尽量少喝水，甚至有时一天都不喝水，就是为了减少小便的次数。有时尿湿了裤子也不告诉陈君君，而是用自己的体温暖干尿湿的裤子。功夫不负有心人。陈君君的付出没有白费，父亲大小便失禁的次数有所减少，鼻出血的情况几乎没有了，心情也好了起来。

2011 年 12 月 1 日，正在准备研究生入学考试的陈君君，在复习时晕倒在出租屋里，那天幸好有同学在场。看着女儿因过度劳累病倒了，陈善民心里五味杂陈，难受得泪水滚滚。

2012 年 1 月，陈君君参加了全国硕士研究生招生考试，报考湘潭大学公共管理学院行政管理专业，并取得了 355 分的好成绩。3 月 30 日，国家分数线公布，陈君君超过了 15 分。4 月 10 日，陈君君参加研究生复试，并顺利通过。被录取为研究生已成定局。当她将这一喜讯告诉父亲时，父女俩流下了幸福的眼泪。

19 年如何承载令人窒息的压力与绝望，陈君君用自己的孝行做出了无言的回答。她散发出来的人性温暖与真情，乐观与坚守，感动了湘潭大学师生，学校、师生为这对生命相携的父女频添扶助。

来源:《知音》

罗桂红：湘大女生背着母亲上学两年

华剑

罗桂红，女，1987 年出生，湖南湘乡人，湘潭大学文学与新闻学院 2007 级广播电视新闻系学生。因大二带着患有心脏病的母亲上学，引起社会各界广泛关注，两次获得国家励志奖学金，荣获“福彩杯”湖南省十大孝星、“湘潭市孝亲敬老之星”“湘乡市道德模范”“2010 中国大学生年度人物”入围奖等荣誉称号。个人行孝事迹被红网、新华网等众多媒体报道。

一间约 6 平方米的出租屋内，除了一张床、几件简单家具，再也看不到任何东西。尽管外面晴空万里，可房间内依然闻得到一股霉味。“这里离学校近，一楼，可能有点潮湿，但是方便，不用爬楼。”湘潭大学 2007 级学生罗桂红与患有心脏病的母亲租住在这里。

每天出门上课前，罗桂红会安排好妈妈一天的生活：切好的水果，要吃的药，如果中午赶不回来，就要弄好午饭放在母亲的床头柜上。

对大多数人来说，大学生活充满憧憬，可对于 23 岁的罗桂红来说，她所期望的更多：能够兼顾好学业和照顾母亲。而在母亲节到来前夕，罗桂红说出了自己的母亲节心愿：希望妈妈身体健康；能够借个厨房亲手给妈妈炒两个菜。

读大二时，她把母亲带到学校照顾

23 岁的罗桂红是湘潭大学文学与新闻学院 2007 级广播电视新闻系的学生，家住湘乡市中沙镇龙山村十组，那是一个“四面环山，没有马路”的偏远山村。她的父母以前在家务农，平时也打点零工，这些是家里所有的经济来源。2008 年，母亲杨国英被确诊为风湿性心脏病，必须做心脏瓣膜置换手术。

6 万元的手术治疗费，对于这个山村里的家庭来说简直是个天文数字。罗桂红和父亲找遍了所有可以求助的亲戚朋友，为母亲筹集了手术费用。“全部都是以我的名义借的，将来我来还。”手术过后，罗桂红终于松了一口气。不过医生告诉她，母亲的病需要休养，不能劳累、操心。“妈妈是山里人，她待在家里没法不干活，我只能接她到学校来照顾。”

就这样，当时读大二的罗桂红把母亲接到了学校里，开始一边上学一边照顾母亲。“最开始是跟着我住在寝室里，后来妈妈觉得很不习惯，我们就在外面租了个房间。”

6 块一餐，两人一个月仅花 200 多元

开始她们住过 18 块钱一晚的小旅馆，但长期住下去“实在太贵”，便在学校附近的民宅租了个房间。罗桂红说，她住的房子，房东只是象征性地收了 100 元钱。

吃饭，这对母女大多是在学校食堂解决。罗桂红算了一笔账：妈妈爱吃米粉，如果早餐两个人都吃米粉要 4 元钱，如果自己吃包子、馒头，早餐就能省下 1 元钱；中饭在食堂解决，两个人只需 6 元钱，就可以一荤一素；晚饭有时候不吃。“我

们 2 个人每个月大约就 200 元钱，钱要省下来给妈妈治病、买药。”

如果只是这样，罗桂红不会觉得状况有多糟糕。但 2010 年 3 月，在外打零工的父亲意外地受伤了，左腿骨被砸成三段，两个肩膀的锁骨断裂，虽然雇主支付了医疗费，但是家里唯一的经济来源也断了。罗桂红除了要照顾生病的母亲，准备自己的考试、毕业论文，还要每个礼拜从湘潭赶到双峰县看望父亲。学校里的老师、同学为她举办了一场募捐，募捐所得的 6000 多元暂缓了燃眉之急。

这一切反而让罗桂红更加坚强。她每天上课、准备毕业论文、温习功课准备考试，休息的时候则陪在母亲身边。妈妈最大的乐趣就是晚上和罗桂红躺在床上聊天。“我白天不在家，只有晚上才能聊聊天。”罗桂红最想做的就是能把爸妈都接到自己身边，一边照顾一边忙自己的事情。她坚信，等爸爸妈妈好一点了，一切都会好起来的。

母亲节，想借厨房给妈妈做两个菜

对于母亲节，罗桂红和母亲杨国英都没有太多的计划，杨国英甚至不太明白什么叫做“母亲节”，她有些局促，有点害羞地搓着手，腼腆的样子逗得女儿直笑。女儿征询她要怎么过节，她说随便女儿，不要花太多钱，买些水果就可以了。罗桂红想了想说，自己以前在家也会做饭，但没有正正经经地专门为妈妈做顿饭，现在虽然是租的房子，但是向房东借厨房用用，炒一两个小菜应该不难。“就自己动手给妈妈做顿饭吧。”

关于母亲节，你知道多少

母亲节，作为一个感谢母亲的节日，最早出现在古希腊，时间是每年的 1 月 8 日。在中国、美国、加拿大等国，则是每年 5 月的第二个星期日。其他一些国家的日期也并不一样，如每年 5 月 29 日是法国的母亲节；每年的 8 月 12 日是泰国的母亲节。

母亲们在这一天通常会收到礼物。康乃馨被视为献给母亲的花。而我国的母亲花是萱草花，又叫忘忧草。

来源:《潇湘晨报》

周君：绝不言弃——求学路上，唱响最执着的生命壮歌

蒋海文

周君，男，1985年生，河南沈丘人，湘潭大学化工学院2003级学生，中科院硕士研究生，中科院博士。曾连续三年以专业第一的优异成绩获得甲等奖学金，并获得“三好学生”“十佳奋发成才奖”“省特困优秀大学生”等荣誉。

周君出生7天，就失去了母亲，不久，父亲娶了继母。8岁时，父亲病故，继母也弃他而去。周君成了孤儿。爷爷、奶奶因抚养周君遭到叔叔、婶婶的遗弃。20多年来，周君捡垃圾、做家教，自立自强，以常人难以想象的毅力承受生活的苦难。信念犹如一盏寒夜温暖的明灯，照亮着他为之奋斗。2003年，周君考入湘潭大学。2007年9月，周君被保送至中科院攻读硕士研究生，师从工程院院士张懿。2008年12月，周君被推荐免试攻读中科院博士学位。在艰难的求学路上，周君谱写了一曲催人泪下的生命壮歌。

厄运连连，苦痛中未来的路在何方

沈丘县位于河南省东部，属于国家级贫困县。1985年一个寒冷的冬夜，周君在这个贫困县付井镇的一个穷苦小村里呱呱坠地。周君的出生，给这个苦难的家庭平添了几丝短暂的喜

悦。当一家人还来不及为这个小生命的诞生庆祝时，厄运便已经悄悄袭来。11 月 13 日，也就是在周君出生后的第 7 天，母亲突发疾病，离开了人世，撇下了嗷嗷待哺的周君。

俗话说，“没妈的孩子像根草”。周君的母亲去世后，邻居一谈到幼小而可怜的周君都是一把眼泪一把鼻涕。“这娃实在是太可怜了！”大家都劝周君的父亲周明亮再娶个媳妇。1986 年年底，在好心人的撮合下，周明亮与镇上一位名叫王艳勤的农家女孩再婚了。

然而，父亲的再婚，并没有给年幼的周君带来些许母爱和温暖，继母对周君并没有倾注太多的疼爱。1987 年年初，奶奶张兰枝将周君接到了自己身边。从此，周君与年迈的爷爷、奶奶三人相依为命，艰难度日。

爷爷、奶奶抚养周君的事，引起了周君的叔叔、婶婶的强烈不满，他们认为周君的爷爷、奶奶偏心，扬言以后不会赡养他们。从此以后，周君的叔叔、婶婶再也没有与他们有过往来。原本血脉相连的亲情骤夜间发生了巨大裂变，张兰枝感觉生活的压力就像一座沉重的山正向她压过来，让她喘不过气。

三间土房、三亩薄田，便是这个苦难家庭的全部家当。周君的爷爷一直有病在身，患有严重的支气管炎，干不了很重的体力活。于是，全家的重任就落到了奶奶一个人身上。

由于没有奶吃又缺乏营养，周君面黄肌瘦，身体非常虚弱。张兰枝看在眼里疼在心坎上，她总是抚摸着周君的脸颊情不自禁地说：“奶奶对不住你啊。”买不起奶粉，张兰枝就将白米熬成糊糊，一勺一勺地喂给周君吃。那时候，对于周君来说，最奢侈的“待遇”就是能够在糊糊里加一小勺白糖，然而，周君却吃得心满意足。隔壁刚刚生了小孩的王阿姨见周君太可怜，就主动给周君当起了义务的“奶妈”，经常将奶水喂给周君。

在奶奶的悉心照料下，周君一天天长大，一转眼便到了 8 岁。也许是命运的捉弄，灾难再一次降临。1993 年 9 月，周君的父亲周明亮因积劳成疾患上肝硬化永远地离开了人世。

由于从小就没了父母，周君遭同龄人的欺负是家常便饭的事。有一次，周君与邻居家一位比他还小的小孩一起玩耍，因为对方取笑他是没人要的孩子，双方吵得面红耳赤，继而扭打了起来。小孩的弟弟马上回家告诉他父亲。小孩的父亲立马赶了过来，不分青红皂白地打了周君一记耳光：“小兔崽子，你这个没人要的‘东西’，还敢欺负人。”随后，孩子的父亲将点燃的烟狠狠地烫在周君的脸上，当时，周君只觉得一阵钻心的痛。

那天，周君很晚才回家，一个人躲在草垛里偷偷地流着眼泪，喃喃自语：“爸爸妈妈，你们要是活着该多好啊！”单薄的衣服包裹着他瘦小的身躯，寒风中，他的全身瑟瑟颤抖着。

“没人要的野孩子！”这句话深深刺痛着周君幼小的心灵。那时他盼望自己尽快长大，长大了就不会被人欺负。

然而，未来的路又将在何方？

岂能轻言放弃，绝境中唱响生命的壮歌

为了给周君的父亲治病，家里花光了仅有的一点积蓄，而且还欠下了沉重的债务。周明亮病逝后，给周君家借过钱的邻居、亲朋经常上门催债，这个原本贫苦的家庭几乎陷入了绝境。

1991年8月底，看着与自己同龄的小孩都已经做好上学的准备，周君心急如焚，哭着对奶奶说："奶奶，我要读书……"张兰枝心急如焚，心里却在隐隐地痛。"这孩子已经够苦的了，我不能让他再受苦。"然而，不说供周君上学，就连下一餐的粮食在哪里，心里也没个底。即便如此，张兰枝还是搂着孙子坚定地说："奶奶拼出老命也要让你读书！"

平时周君都习惯傍晚的时候找奶奶，在他心里，奶奶是最亲最疼他的人。那一天，张兰枝很晚了还没回来，周君一边哭着找奶奶，一边大声呼喊："奶奶您在哪里？您快回来啊！"当张兰枝拖着疲惫的身躯回到家时，周君开心地笑了。看着奶奶挑着满满的两担废品，周君明白了一切："奶奶是去捡垃圾了。"顿时，两行酸楚的眼泪沿着他瘦削的脸颊大颗大颗地滚落了下来。1991年9月1日，周君迈进了付井镇中心小学，开始了他的求学生涯。

穷人的孩子早当家。看到奶奶捡垃圾能够卖钱，正在上小学三年级的周君也萌发了捡垃圾的想法，他天真地认为；"捡了垃圾卖了钱就可以读书了。"但捡垃圾，对于这个瘦弱的孩子来说，依然是一条艰辛的坎坷之路。

最初，周君总是在镇上堆放垃圾的地方用手一点点掏开生活垃圾，捡拾能够卖钱的废品。垃圾发酵后散发出的恶臭味，让周君几乎窒息，浓烈的气体刺激得他眼泪直往外流。周君总是一只手捂着鼻子，一只手在垃圾里反复地掏选。尽管周君每天起早贪黑，但捡拾到的垃圾却非常少，这未免让周君有些沮丧。不久，善于观察的周君发现，镇上饭店集中的地方，别人丢弃的啤酒瓶、矿泉水瓶比较多。于是，他每天一早就来到饭店旁守候，直到晚上很晚才回去。有时候，周君实在饿得不行了，就偷偷地捡食别人丢弃的盒饭。这样，每天能捡到30多个瓶子。

在周君艰难的求学路上，有一件事一直让他难以释怀。那是他上小学五年级暑假的一个傍晚，当时他正在家里做作业，隐隐约约听到奶奶与正在上高中的姑姑商量着什么。“闺女，妈对不住你们，但我也是实在没有办法，家里没有能力再供你们上学了，你哥哥曾交代过要好好将周尊（方言发音）培养成人……”就这样，周君两个正在上高中且成绩优异的姑姑辍学了。

张兰枝让自己的两个亲生女儿辍学，却竭力供孙子读书的事引起村里人的议论。每当此时，张兰枝总有着说不出的委屈和苦衷，她分明感觉到了生活的艰辛与无奈，有时候觉得连支撑下去的勇气也没了，甚至还有过轻生的念头。“孩子还小，我走了，谁来照顾他啊？”每当夜深人静的时候，张兰枝总是喃喃自语。然而，天地间，谁来回答一位善良奶奶如此执着的追问？

2000年9月，周君以优异的成绩考取沈丘县第一中学，从此开始了他艰难的高中生涯。

从进入沈丘县第一中学的那一天起，周君就暗下决心：“要好好学习，以最优异的成绩来告慰亲人。”当天晚上，周君在日记本的扉页上郑重写下了12个大字：“弱肩担其重任，金榜告慰亲人。”

在接下来的学习生活中，周君用实际行动践行着自己的诺言。由于买不起录音机，周君学习英语有点吃力。为了提高自己的口语和听力，周君费尽了心思。当时，英语老师有个规定，就是谁最早到教室，谁就负责保管晨读时使用的录音机。所以，周君每天都是第一个到教室，最后一个走出教室的学生。这样，他就可以利用同学还未到教室的空档播放录音，练习口语和听力。高二，周君从普通班顺利地进入重点班。

高二暑假，为了筹集学费，周君不得不拼命地干活，每天走街串巷，方圆十几里地捡拾垃圾，而且规定自己每天必须捡满一担才回家。然而，生活的重压还是将这位坚强的孩子击垮了。一天黄昏，当周君吃力地挑着两担废品回家时，他突然觉得眼前一片眩目的黑，随即昏倒在路旁，捡拾的垃圾滚落了一地。路过的好心人将他送回了家。看着虚弱的孙子，爷爷奶奶抱头痛哭。

年级组长王庆喜老师了解到周君的情况后，将周君叫到了自己的办公室。王老师语重心长地开导周君："你有着不平凡的经历，你必须走出一条不平凡的路，千万不要轻言放弃……"王老师的话给了周君莫大的触动和鼓舞。

功夫不负有心人，2003 年 8 月，周君以高分考取综合性全国重点大学——湘潭大学。

收到湘潭大学化工学院那烫金的录取通知时，这个宁静的小村沸腾了。奶奶张兰枝的脸上露出了久违的微笑，逢人便说："我娃考上大学了！"

然而，周君却显得异常的平静，他不得不为 5000 多元的学杂费发愁：怎样才能凑齐学杂费？于是，一家人又从喜庆的氛围转入了另一个尴尬的僵局。一想到学费，周君在床上辗转反侧，彻夜难眠。

免试攻读博士，幸福中书写不悔的青春

2003 年 9 月 12 日，带着东拼西凑的 700 多元，周君忧心忡忡地上路了。

一路上，周君忐忑不安，他无心欣赏车窗外美丽的风景，也找不到即将开始大学生活的激动心情，因为他不清楚连学费、生活费一起仅带了 700 元的他，会不会被这所大学拒之门外。

经过 10 多个小时的舟车劳顿，周君风尘仆仆地来到湘潭大学，没有谁知道他是以怎样一种勇气迈进校门的。周君怯弱地来到报到点，化工学院学工办的老师以及迎新的工作人员热情地接待了他。得知周君的情况后，化工学院学工办的老师通过学校的“绿色通道”为周君办理了缓交学费的手续。

进入大学后，周君的生活过得非常清苦。每个月的生活费都不超过 180 元。周君每天都是最晚去食堂的，早餐他吃两个馒头，中餐、晚餐买 5 毛钱饭，1 份菜，每天的伙食费不到 5 元。有时候饿得实在不行了，就到食堂里盛碗免费汤。

“天道酬勤”，周君深知其中的道理。周君制定了严格的作息时间，早上 6：00 起床，晚上 11：00 回寝室。

虽是孤儿，但与其他的孤儿相比，周君的心理是健康的，人格是健全的，他乐观，积极面对家庭的厄运和生活的苦难。周君总是认为，一个人要“常怀感恩之心，常怀感激之情”。尽管自己的生活十分清苦，但在帮助别人的时候他却毫不含糊、毫不吝啬。当别的同学有困难时，他总是班上第一个毫不犹豫伸出援助之手的学生。

2004 年夏天的一个中午，周君正准备去教室自习，一张

爱心募捐的海报让他放慢了脚步，他停了下来，当时，学校正在发起为文学与新闻学院一位身患重病的研究生募捐的倡议。周君下意识地摸了摸口袋，口袋里只有 30 元，两张 10 元的，两张 5 元的，这可是他 5 天的生活费。周君不假思索地将那两张 10 元投进了募捐箱。周君想，自己饿几餐没问题，20 元钱也许能给那位重病中的研究生一丁点帮助。

每次假期回到家中，周君都主动帮爷爷奶奶洗衣服，与奶奶一起下地干活。晚上，周君主动要求与奶奶睡一张床，将奶奶的脚放在胸前，为的是给奶奶取暖。

有时，趁着奶奶不注意，周君会重新干起他的老行当，骑着自行车到村庄附近捡垃圾。为了不让奶奶发现，周君总是将捡回来的垃圾偷偷地与奶奶捡的放在一起。2005 年大年三十那天，周君依然在外捡垃圾，当时，已经是万家灯火，爆竹声此起彼伏，奶奶找了好久才将他找到。看着吃力地背负一口袋垃圾的孙子，张兰枝潸然泪下："没生在好人家，可苦了你了！"

2006 年冬天，周君又以年级第一的成绩拿到了甲等奖学金，奖金 2500 元。他慷慨地拿出 500 元塞给了班上另一位贫困学生，同时，把剩下的钱悄悄地拿出一半邮寄给爷爷奶奶。

大学期间的班主任熊鹰老师这样评价周君："在我 10 多年的从教生涯中，我接触过许多贫困学生，但从来没有哪位学生给我留下如此深的印象，他家庭贫困，却又如此自强，如此刻苦，如此坚韧，如此懂得感恩……"

无数个闪光的荣誉遮挡不住艰辛与苦难背后的幸福：大学期间，周君以每学期专业第一的成绩连续三次获得甲等奖学金，一次国家奖学金，一次性通过英语四六级、计算机二级考试，多次获得“三好学生”“十佳奋发成才奖”等荣誉。2007 年 9 月，周君以优异的成绩被保送至中科院过程工程研究所攻读硕士研究生，师从工程院院士张懿。

在这里，周君既要将繁重的学习课程学好，又要参与导师的科研，还得为自己的生计疲于奔波。所以，周君将自己的时间安排得满满的。周君的大部分时间都花在了做实验和勤工俭学上，每天，周君累得像个陀螺，但他却做到了学习工作两不误。2008 年，周君获得中科院过程工程研究所“三好学生”荣誉称号，并加入了“绿色过程工程创新课题组”。

2008 年 12 月 26 日，中科院博士生导师李会泉研究员将周君叫到了办公室。李会泉语重心长地说：“周君，你的专业成绩好，又有很强的科学钻研精神，比较适合做科研，我与系里其他导师都想推荐你免试攻读博士学位……”在李会泉研究员的推荐下，周君盼望已久的博士梦想走近了他。

周君与导师张懿、李会泉等一起从事了国家 973 子项目《离子液体电解氧化铝》的课题研究。

经历了无数苦难，周君在博客中写道：“多少人苦苦等待，饱尝泪水却依然热爱；多少年痴心不改，历经挫折却永不言败。我知道绿荫如海，从来都是英雄的舞台；理想之门，从来只为强者敞开……”

正如周君所言，苦难是笔财富，也是成就人生的最好法宝。家庭的苦难让周君学会了坚强，学会了感恩，学会了在逆境中倔强而执着地前行。

来源：《湘潭大学报》

程麒麟："心巢行动"尽孝道，关爱老人献真情

郑曼妮

程麒麟，男，1990年出生，四川巴中人，中共党员，湖南农业大学工学院2010级水利水电工程专业学生。在校期间，曾担任院学生会主席，曾获"湖南省十佳孝行学子""百家孝心志愿者"、湖南省暑期社会实践"优秀个人"、校级优秀青年志愿者、校级优秀学生干部、园区先进个人、校创业计划大赛优胜奖、"中联杯"结构模型设计大赛优胜奖等荣誉。2012年，成功申报湖南省湖南省大学生德育实践项目《关注湖南农大退休教师"心巢行动"》。

帮扶离退休老师

古人有云，"师如父母""百善孝为先"。"孝"是中华民族的传统美德，在我们身边就有一群发扬这个传统美德的人，他们活跃在学校周边各个社区，通过走访、调研，倾听那些曾经为学校教育做出贡献、劳苦功高的离退休教师的心声，帮他们解决困难，他们用自己的行动赋予了现代社会意义的"孝"三种含义，那就是：感恩、爱心、责任。

2012年12月20日，在湖南省首届大学生孝文化节评选活动中，湖南农业大学"心巢行动"的《高校离退休教师生活现状的调查研究——以湖南农业大学离退休教师为例》荣获湖

南省十佳孝行调查报告；湖南农业大学工学院2010级水利水电工程专业程麒麟同学荣获“湖南省十佳孝行学子”“百家孝心志愿者”荣誉称号。

关爱立“孝”为老人送爱心

作为2012年湖南农业大学工学院暑期“三下乡”活动的一个团队，以程麒麟为组长的“心巢行动”专项小组在工学院老师的指导下成立了，并以“情系夕阳，爱润桃李”为主题开展了实践调研活动，目的在于通过对湖南农业大学老人社区这一“典型社区”中空巢老人的基本生活情况、身体情况、情感需求以及对未来离退休工作管理服务的期望等方面进行初步的调查了解，然后通过实践活动进一步调研，进行结果分析，呼吁社会给予大学离退休空巢老人多一点关怀，号召远方的子女给予父母的生活、身体、情感状况更多关注，使他们能够安享天伦。

活动初期，由程麒麟同学带领的“心巢行动”专项小组11名同学开展相关调研活动，最后选定几个有困难的家庭作为帮扶对象。帮扶工作一方面是心理抚慰，让空巢老人“舒心”：通过电话问候、上门慰问、为老人读报、陪老人聊天等方式，为精神寂寞、有心理疾患的空巢老人提供心理关怀志愿服务，随时了解这批空巢老人的精神状态，有针对性地进行心理咨询和心理疏导；另一方面是实际帮助，让空巢老人“放心”：帮助他们打扫卫生、维修简单电器故障、解决有关网络疑惑、提供力所能及的物资帮助等等。

送“孝”到家让老人“舒心”

在调查走访过程中，小组成员发现有空巢老人需要长期帮扶的，就建立“一对一”固定帮扶机制，甚至结对认亲帮扶。

湖南农业大学退休教师胡师英年近80，身患心脏病、高血压、胆囊炎等疾病，尽管疾病缠身，却不得不照顾家里瘫痪了46年的儿子和中风6年、下肢瘫痪、大小便失禁的老伴儿。“这个家庭，离不开我。”老人含泪对志愿者们说，“我永远不会放弃他们俩，只要我活着一天！”作为队长的程麒麟，深深地被感动，于是他召集大家商量具体的帮扶计划。他们决定，除了给予力所能及的物质帮助外，将胡师英老人一家列为长期重点帮扶对象，定期到老人家里帮忙照顾这一家子人。胡老的家简陋、潮湿且凌乱，因为劳力缺失且疾病缠身，一家人常年很少出屋透透气，甚至很难吃上一顿好吃的饭菜。为了帮扶胡老，程麒麟经常带领“心巢行动”专项小组成员到胡老家做些实际的力所能及的事。胡老将队员当成自己的孙子一样看待。

退休教师蔡老已经89岁高龄，腰部受伤，老人的生活现状令人担忧。了解到这些情况，程麒麟跟“心巢行动”专项小组成员一起商量帮扶对策。之后，志愿者们去到老人家里，帮助搞卫生、洗衣服、晒被子、聊天，并为她准备饭菜。

坚定“孝”道让老人“放心”

程麒麟说：“在开展心巢行动的过程中遇到了很多困难，困难的出现并没有使志愿者们退缩，反而坚定了志愿者们的信心。”

活动初期，在与离退休教师进行联系时，很多老人不愿意接受调查采访，他们的防范意识很强，于是程麒麟与小组成员精心商讨，决定由女生先打电话进行联系与沟通，因为女生的亲和力比男生强，老人容易接受。

资金少是开展活动的一大难题，程麒麟带领小组成员积极与学院领导进行沟通，解决问题；在调研过程中遇到困难时，程麒麟向关心下一代工作委员会的老师请教和商讨解决对策；一些不能够及时解决却是被帮扶的老人们亟待解决的问题，他和小组成员还将情况反映给学校离退休处，并与老师们一起解决老人们的困难。在此过程中，团队成员积极向几个单位汇报工作进展，老师们也经常询问结果，上下配合，强强联手，使工作得以很好地开展。

从“心巢行动”项目正式启动开始，程麒麟与小组成员们已走访调研了200余户湖南农业大学的离退休教职工的生活状况。程麒麟说：“作为学生的我们现在所能做到的就只有帮他们打扫卫生，陪他们聊聊天，帮他们向有关部门反映相关情况。我们希望有更多的人来关注、关爱这一群昔日辛勤的园丁，如果没有他们这样一群‘春蚕’，就没有现在的‘栋梁之才’，我们的国家也不会如此欣欣向荣。我们要心怀感恩之心，关爱离退休教师，让他们的‘空巢’不孤单！”

随着人口老龄化进程的加快，老人的生活、精神状况受到了越来越多的人的关注，而大学生是时代的扬帆者、开拓者，社会主义事业建设的践行者，更应该尊老、爱老、敬老，践行为老人服务的相关活动。传承孝道，人人有责，从我做起，从现在做起！

来源：《湖南农业大学报》

济苦益善，
感懿行之至真

王达佳:“慈善天使”

郝孟佳　熊旭

王达佳，女，1995年出生，湖南长沙人，湘潭大学文学与新闻学院2013级广播电视学专业学生。中国共青团第十七次全国代表大会代表、主席团成员，中华慈善总会“一张纸献爱心”形象代表，慈善电影《少年达佳》原型人物，曾获“中国好人”“全国百名优秀志愿者”“全国美德少年”“全国道德模范（提名奖）”“第十届中国大学生年度人物（提名奖）”“中国大学生自强之星（提名奖）”“湖南省金牌志（义）工”“湖南省省级优秀学生”“长沙市道德模范”、第九届“芙蓉学子·榜样力量”公益行动奖等荣誉称号。

王达佳为湘潭大学文学与新闻学院2013级广播电视学专业学生，慈善电影《少年达佳》原型人物，全国百名优秀志愿者。她先后两次深入四川汶川、雅安芦山地震灾区做志愿者，通过出书义卖的方式为慈善公益捐赠款物近50万元，被誉为“慈善天使”。先后在四川理县地震灾区建成“达佳爱心电教室”，在长沙建立“达佳爱心工作站”，在湘潭大学建立中华慈善总会湘潭大学志愿服务分站。

投身公益，关爱他人成为习惯

从7岁起，王达佳利用节假日去社区、福利院、救助站做志愿者及爱心义工活动。2008 年四川汶川地震发生后，她出版《成长，从感恩出发》一书义卖，为地震灾区捐赠款物 15 万元。在四川理县建成“达佳爱心电教室”，深入地震灾区理县做志愿者。2010 年 8 月，“达佳爱心工作站”在长沙市芙蓉区滩头坪社区成立，目前已举办各种爱心交流数十场次，参与人数逾三万人。

2013 年 4 月 20 日 8 时 02 分，四川雅安芦山发生了 7.0 级地震。王达佳跟学校请了假，购买了一批灾区急需的药品，于当天下午随湖南第一批志愿者团队去了四川，在她看来这次经历不仅是一次作为青年学生对自然灾害的无畏担当，更证明了新一代青年的勇气与大爱。

坚定信念，“达佳姐姐”千里助学

2014 年 7 月下旬，王达佳利用暑假以“达佳爱心工作站”的名义，深入灾后重建的青海玉树地区摸底调查，寻访到首批 17 名藏族贫困学生。她在长沙牵头发起“心连玉树爱心圆梦 1+1”对口援助青海玉树贫困学生活动。首批资助玉树地区 17 名藏族贫困学生，由长沙爱心家庭与贫困学生对接，每学年给对口援助的贫困学生不低于 3000 元的资助，直至对口援助的贫困学生完成九年义务教育的学习。8 月 23 日上午启动仪式上，认捐资金 45100 元，并募集价值 15000 元的过冬衣服和书籍文具。

更高追求，“慈善天使”善举升级

王达佳曾作为唯一的一名大学生受邀参加了“新西行漫记——重走斯诺之路”大型跨国文化体验之旅，历时半个月从西安徒步600余公里至延安，感受红军在陕北一带进行革命活动的艰辛，弘扬艰苦奋斗的延安精神。

2013年6月17日，王达佳作为大会代表、主席团成员，出席了中国共产主义青年团第十七次全国代表大会开幕式，传播青春励志正能量。

2014年初，王达佳通过与中华慈善总会联系，率先在自己就读的湘潭大学创办了中华慈善总会湘潭大学志愿服务分站，提出响应“一张纸，献爱心”的慈善项目。

王达佳被选为中华慈善总会该慈善项目的形象大使，先后在长沙、常州、上海、广州、深圳、北京、拉萨、林芝等地，为救助西藏先天性心脏病患儿作劝募宣传，征集500个爱心人士的签名。

2014年，王达佳积极投身湘潭大学相关公益及社会实践活动。策划拍摄“一张纸献爱心，湘潭大学在行动”公益宣传片。2014年10月，代表湘潭大学赴北京参加外交部与中华慈善总会“大爱无国界”国际义卖慈善主旨活动。

王达佳先后荣获“长沙市道德模范”“湖南省金牌志（义）工”“湖南省省级优秀学生”“全国百名优秀志愿者”“中国大学生自强之星（提名奖）”、第九届“芙蓉学子·榜样力量”公益行动奖、“全国道德模范（提名奖）”等荣誉，曾被湖南省推荐候选中央电视台“感动中国人物”，作为“全国美德少年”

出席第三届全国道德模范颁奖典礼系列活动，受到李长春、刘云山等党和国家领导人的亲切接见和勉励。其感人事迹被编入《中学生》等多种青少年教科读物，并被拍成慈善电影。王达佳以品学兼优的素质很好地诠释了当代大学生的形象，用她的爱心行动为90后的青少年树起了一个爱心与责任的精神标杆，在当代青年人中用行动作表率，号召更多的同龄人加入公益的队伍！

来源：人民网

黄珊珊 冯家珍:“金翼5·1·8”，爱心浇灌的原野

邓莹等

黄珊珊，女，1986年出生，湖南醴陵人，中共党员，湘潭大学化学学院2005级高分子材料与工程专业学生。在校期间，曾担任“金翼5·1·8”爱心团队理事长，曾获“湖南省金牌志（义）工奖”、湘潭大学“十佳志愿者”等荣誉。

冯家珍，女，1988年出生，江西黎川人，中共党员，湘潭大学材料与光电物理学院2006级测控技术与仪器专业学生。在校期间，曾担任“金翼5·1·8”爱心团队理事会成员、“农家学舍”副理事长等职务，曾获国家励志奖学金、“湖南省金牌志（义）工奖”、湘潭大学“十佳志愿者”等荣誉。

晶莹剔透的奖杯捧在手里，印着“湖南省金牌志（义）工”的鲜红缎带系在身上，2009年2月23日，对于获奖的黄珊珊和冯家珍来说是一个特别的日子，对于“金翼5·1·8”爱心团队来说，这一天同样意义非凡。奖杯虽小，却承载着“金翼5·1·8”所有成员的希冀，承载着200多个爱心班级、几千名同学的点点爱心。

金色“五一”，偶然的开始

五月，灿烂的阳光预示着夏天的激情，一群追逐梦想的年

轻人正为他们如火的青春添上浓墨重彩的一笔。2006 年 3 月，报纸上一篇有关双腿残疾的母亲在外乞讨 12 年，为孩子们解决学费问题的文章深深地震撼了这群年轻人。5 月 1 日，8 位年轻人走进了怀化的一个偏远小山村，展开一项关于贫困中学生的社会调查。爱心之旅，从此启航。不久，一个旨在帮助贫困中学生的公益爱心组织——“金翼 5・1・8”爱心团队沐浴着爱的阳光，应运而生。

“金色‘五一’，翼飞虹桥。他们的‘五一’因为我们的到来而充满希望，色彩斑斓，我们也希望通过努力让他们放飞自己的双翼，成就自己的梦想！‘金翼 5・1・8’的‘金翼’二字即源于此，而数字‘5・1・8’既是‘我要帮’的谐音，也是对我们活动的发起时间和人数的纪念。”说起“金翼 5・1・8”名字的由来，冯家珍一脸兴奋，“我们共同见证了一个团队从萌芽发展到今天的规模，真的很不容易。”是啊，冯家珍不会忘记，“金翼 5・1・8”爱心团队的所有成员也不会忘记，团队成立之初连个固定的办公点都没有，他们开会时不得不打“游击战”；他们也不会忘记办事时经常碰壁，被打击过后成员们还要互相安慰，再接再厉。他们希望通过努力，将爱的接力棒传递下去，让世界的每一个角落里都洒满爱的光芒。

爱的纽带，我们心连心

也许，成长之初充满艰辛，带着一丝苦涩，但如同梦想闪耀着光芒，落泪的时候，微笑的时候，回望过去，都是亲切的回忆。

湘潭大学外国语学院 2007 级的刘同学是“金翼 5 · 1 · 8”爱心团队的一名志愿者，回忆起到吉首的走访，她的表情掺杂着些许无奈。当时他们走访的是一个叫罗维的初二学生，他的家境极其窘迫，父亲因病去世，母亲不堪重负已经改嫁，罗维和哥哥只好跟着爷爷奶奶一起住，破旧的木板房遮不住生活的风风雨雨。第二天，他们对罗维家进行了一次回访，就在他们要走的时候，罗维的爷爷，一位 70 多岁、枯瘦如柴的老人，满含辛酸的泪水，抱着刘同学的胳膊颤颤巍巍地跪了下来：“你们是好人，拜托你们帮帮我孙子。”回忆到这，她的声音有些哽咽。那一霎那，除了震惊，更多的是沉重。他们迅速扶起老人，表示一定会尽力帮助罗维完成学业。走出罗维的家，崎岖的山路似乎变得愈加漫长，一步步都是嘱托，一步步都是责任。每当团队遇到困难时，只要回想起这一幕，大家就觉得有了坚持下去的勇气。

走访在继续，感动也在继续。有家境贫寒却认真阅读鲁迅文集的少年，有痛失双亲却坚强乐观生活的女孩，也有生活艰苦却依旧奋斗在贫困山区的教师，他们的身影在走访的每个瞬间闪现，他们的困顿在走访的每个细节中交替。“助学的理念不仅在于帮助他们，还要影响他们去帮助别人。”“金翼 5 · 1 · 8”爱心团队的理事会成员陈凯斌拿出一沓信，有的是汶川地震后，受资助的孩子们寄过来的。他们在信中写道：“感谢你们的捐助，但请把捐助给我们的钱捐给灾区的人们，他们比我们更需要。”

“金翼 5 · 1 · 8”爱心团队除了在经济上给贫困学生提供帮助，更重要的是帮助他们树立战胜贫困的信心。2008 年 7 月，他们组织15名志愿者到永州市蓝山县正市小学进行支教活动。破旧的校舍，艰苦的条件，在那里，他们却和山区的孩子们度过了15天艰辛而难忘的时光。每天除了备课、家访、开会之外，还要自己买菜、做饭。因此，志愿者们通常忙到晚上12点左右才能睡觉。“虽然床板一块高一块低，但是我们一倒下便能睡着。”志愿者王娇回忆起那段经历总是有说不完的故事。在支教过程中，因为许多孩子以“要干活，没有时间写”等理由来解释不交作业，她一气之下便让他们在旗杆下罚站，但又不忍心看着那些弱小的身躯在烈日下暴晒。于是她让孩子们到教室去写作业，自己则固执地顶着七月流火的骄阳，站在旗杆下，任凭同伴和学生怎么劝，她也不走开。最后不仅中暑，还被草丛里的蚂蚁咬了满腿的红疙瘩。她不好意思地笑了笑：“自此以后再也没有孩子缺交作业了。”

“‘金翼5·1·8爱心团队’做得很好，是学生开展互帮互助的有效方式，我们将全力予以支持。”这是教育部原副部长、中国教育发展基金会原理事长张保庆先生给“金翼5·1·8”爱心团队创始人黄珊珊的亲笔回信，自此，“金翼5·1·8”爱心团队得到了更多的资助和发展机会。

72岁的曾子其老师是“金翼5·1·8”爱心团队的顾问，在谈到自己与金翼的情缘时，曾老师分外珍惜。他是因为赞赏“金翼5·1·8”爱心团队的做法，才自愿担任他们的指导老师，热心地给予他们指导和帮助的。对于“金翼5·1·8”爱心团队的发展，曾老师发表了自己的看法：“‘金翼5·1·8’作为一个纽带，不仅能资助贫困中学生，帮助他们完成学业，最后服务社会，同时也能培养当代大学生良好的政治素质和公益心。”

爱心班级，燎原的火焰

“众人拾柴火焰高”，深知这个道理的“金翼 5·1·8”爱心团队想汇聚更多的爱心力量筹集善款，帮助更多的孩子。于是，2007 年，“爱心班级”在爱的呼唤声中诞生。“爱心班级”以“每人每月一块钱”为口号，在全校迅速传扬开来。每年开学，金翼人都会利用课间休息的时间播放短片，吸纳更多的爱心班级，到如今，已经有两百多个班级加入了这个爱心大团队。“当时看到他们的宣传片，看到那些贫苦的孩子那么纯真的笑脸，就情不自禁的想成为其中的一员。一块钱对我们来说只是两个肉包，但是却可以改变他们的命运，我觉得这样很有意义。”文学与新闻学院 2008 级广告学专业的班委感慨着。爱心班级、爱心企业和义卖募捐活动所得资金是爱心基金的主要来源。此外，“金翼 5·1·8”爱心团队的财务部还会定期公开基金的去向，以保证财务的透明。

三年风雨兼程。“金翼 5·1·8 爱心团队”迎来了发展中的明媚春天：团队成员从最开始的 8 人发展至今天的 100 多人，先后参与工作和活动的有近 7000 人。7 次社会走访调查、56624 元爱心基金、30000 余件衣物……点点滴滴，汇聚成一条爱心的河流，奔腾不息。由于团队的优秀表现，他们连续两次获得湘潭大学“芙蓉学子·榜样力量”公益爱心奖。

一路走来，品尝过成长的心酸与喜悦，伴随着收获中的感动与希望。在这片爱心浇灌的原野上，爱心如一颗颗火种，播撒到更多人的心里。原野上的火星已然蔓延成燎原之势，在不远处，在不久的将来。

来源:《湘潭大学报》

邹鹏：做实践精神的传播者

邹鹏

邹鹏，男，贵州遵义人，中共党员，曾担任湘潭大学团委学生副书记，现任湘潭大学党委办公室、校长办公室秘书科科长。曾参加由团中央等五部委联合实施的大学生志愿服务西部计划，先后在团安仁县委、团郴州市委、团湖南省委工作。2015年9月，考入湘潭大学攻读政治学专业硕士研究生，师从傅菊辉教授和沈文辉副教授。

摸着石头过河——做学术科研的探索者

攻读政治学专业研究生，对我这个跨专业考研的学生来说，是一项很大的考验。本科学财务管理，研究生学政治学，听起来总是没什么关联。一切都得从头开始。好在我能协调好学习与学生工作的关系，管理好时间，一方面在专业知识储备方面努力夯实基础，另一方面尝试写作专业学术论文。可喜的是，我不仅公开在学术刊物发表了学术论文，还主持申报了省级研究生创新课题。

当代青年应当如何将自己的理想与国家的需求、中国梦的实现结合起来？我一直在思考这些问题。担任湘潭大学青年发展研究中心研究员，正给了我把思考转化成具体成果的机会。在青年发展研究中心工作的日子里，我和中心的其他人员一道，参与多项国家级、省级课题项目。

“三下乡”社会实践如何更好地发挥实践育人功能，引导广大青年学生深入社会、了解国情社情？我也有自己的思考。由我主笔撰写的暑期社会实践工作建议报告最终被提交到共青团湖南省委。在这份报告中，针对“三下乡”参与主体选择面不广，参与人数有限，基地选择不连续，事先欠考察，实践形式比较单一，创新不够，活动时间过于集中，时间相对较短等问题，从组建团队、专业指导、经费保障、提前准备、就近就便、因地制宜等方面给出了“药方”，并建议具体开展工作时做到四个结合，即博士团和本（硕）团结合、集中活动与经常活动相结合、统筹实施和依托导师相结合、继承传统与与时俱进相结合，变暑期“三下乡”为“常下乡”，确保“三下乡”取得实效。

奋斗的青春最美丽——做社会实践的组织者

自 2008 年上大学以来，我不仅躬行实践，还参加和组织了 2010 年中国长沙环湘江自行车邀请赛、2014 年世界排球锦标赛亚洲区资格赛志愿服务等社会实践。2012 年 6 月大学毕业之际，在“到西部去，到基层去，到祖国最需要的地方去”这一时代呼声的召唤下，我毅然选择报名参加大学生志愿服务西部计划，通过层层考核被录取为一名西部计划志愿者，被分配到共青团安仁县委从事基层青年工作，先后在县、市、省三级共青团机关工作。

2015 年 9 月，我考入湘潭大学攻读政治学专业硕士研究生，还担任了校团委学生副书记。在这个岗位上，我的社会实践事业得到延续。在湘潭市创建全国文明城市工作中，我积极组织湘大学子参与志愿服务，传播文明风尚，用实际行动践行志愿服务精神，全校累计开展“创文”志愿服务 1500 余人次，服务时间总计超过 6000 小时。在“三下乡”工作中，我协助老师选拔 80 支团队 800 多名学生奔赴基层开展社会实践，内容涵盖长征历史寻访、美丽中国共建、国情社情观察、精准扶贫献策等 7 个类别，形成实践报告成果 60 余份，获得人民网、新华网、光明网、中青网等主流媒体报道 370 余次。在服务地方精准扶贫实践中，我全程参与组织、策划、参加学校赴城步苗族自治县博士服务团工作。湘潭大学博士服务团连续三年赴城步苗族自治县开展对口帮扶，为当地精准扶贫支招，在省级以上媒体推出宣传报道 10 余篇，宣传推介城步苗族自治县特色产业。同时，形成了有针对性、可操作的调研报告并得到团城步县委、城步县扶贫办公室的采纳。此外，还将调研报告整理成论文公开发表。

胸怀信仰——做实践精神的传播者

习近平总书记曾寄语全国广大青少年：“要志存高远，增长知识，锤炼意志，让青春在时代进步中焕发出绚丽的光彩。”这是党对青年的殷殷期盼，这是国家对青年的深深呼唤。在实现中国梦的征程上，激扬的青春将是最亮丽的一道风景！

是的，生在这个伟大的时代，何其幸哉！

尽管我没有做过什么惊天动地的大事，也没有太多的感人故事。但是，每一天，我都坚持着自己的理想追求，坚持读书学习，做好自己该做的事，完成好分内的每一件事情，履行好自己的岗位职责，虽琐碎、平凡，但充实、快乐。在我看来，无论是关爱农民工子女、走访慰问贫困学生家庭，还是组织暑期“三下乡”、服务大湘西精准扶贫，基层干部的优良作风、言传身教都让我受益良多，也让我增进了与青年群众的感情，增强了对基本国情的把握，我的工作能力也不断得到提升。一直以来，我都坚持着自己的一种信仰和追求，直面困难和挑战，在社会实践的道路上不断前行。

重返校园攻读研究生，我对社会实践的认识又深了一层，社会实践让大学生走出校门、踏入社会、走进农村，看到幼有所教、老有所养，也看到住房难、就业难的现实问题。我认为大学生就应该激发社会正能量，在社会实践中探寻最美“中国梦”，为实现“中国梦”尽全力。无论是协助老师开展全校“三下乡”工作，还是参加学校博士服务团服务大湘西精准扶贫；无论是参加重走长征路社会实践重温红色历史，还是参加井冈山暑期实践接受革命传统教育，我都一如既往，认真对待，希冀在实践的足迹里认识美丽中国，助力“中国梦”。

曾有人问我：“为什么要参与志愿服务？为什么深爱社会实践？动力从哪里来？”我想说：“青年知识分子不应该只关注一体之屈伸、一家之饥饱，更应该关注作为个体对于群体、社会的责任和义务。只有在基层接受更多的历练，将个人的成长发展同国家的前途命运紧紧相连，将个人的小梦和祖国的大梦紧密结合，才能让自己的人生道路越走越宽、越走越实、越走越好。只要社会实践的责任在心中，志愿者的旗帜在心中，我就有无穷的动力。”

我深深地知道，正因为把自己的青春奋斗和时代的脉搏、社会的需要相结合，我才能够在人生的道路上不断得到肯定和认可。2014 年 7 月 25 日，我作为往届志愿者代表在 2014 年湖南省西部计划出征仪式上发言。我还先后 2 次入选“全国西部计划优秀志愿者”，荣获第三届湖南省“优秀青年志愿者个人奖”“第十届中国青年志愿者优秀个人奖”“中国大学生自强之星提名奖”、2016 全国大中专志愿者暑期“三下乡”社会实践活动先进个人、2016 年湖南省大中专学生志愿者暑期“三下乡”社会实践优秀个人、2016 年研究生国家奖学金等荣誉。

来源：中国青年网

肖嘉英：大学女生三个学期省下 6000 元，帮助 12 名山区学生

宋凯欣

肖嘉英，女，1998 年出生，湖南新乡人，中共党员，湘潭大学兴湘学院 2016 级法学专业学生。在校期间，曾获国家奖学金、湘潭大学“芙蓉学子·榜样力量”道德风尚奖、湘潭大学甲等奖学金、湘潭大学 2017 年度“十佳大学生”、湘潭大学 2017 年度“优秀社会工作者”、湘潭大学“三好学生”、湘潭大学“优秀志愿者”等荣誉。

6000 元，可以买一个 iphone8 手机，可以添一台笔记本电脑，但湘潭大学兴湘学院法学专业的大二女生肖嘉英，却用这笔钱资助 12 名山区贫困学生，“承包”了他们一个学期的生活费。这 6000 元，是肖嘉英从自己的生活费中省下来的。家里每月给她 1800 元，她每次“克扣”500 元，连攒 3 个学期后，将这笔钱汇到湘西山区。

2018 年 3 月 22 日，记者在湘潭大学见到了肖嘉英。一袭长发、身材高挑的她，身穿黑色卫衣和休闲短裤，清爽干练。肖嘉英说，山区小孩生活困难，她想尽自己的一点能力帮助他们。

想做一件“时尚”的事

上大学前，肖嘉英就想着要做一件“时尚”的事。大二下学期，她打电话问父亲，哪里可以找到需要资助的贫困山区学生。“我从网上看到过一些山区小孩上学的新闻，有的孩子因为家里穷，甚至不吃中餐，很触动我。”肖嘉英说，父亲常年做慈善，资助过老家乡下的很多学生上大学，所以自己也想朝着这个方向做，不过她想资助的对象是小学生。

没几天，父亲给了她一个电话，是会同县妇女联合会主席梁娟的。肖嘉英跟梁娟再三强调，一定要家庭特别贫困的孩子，让他们切实得到帮助。“这笔钱太特殊，感觉沉甸甸的，我们绝不会辜负这个大学生的爱心。”几天后，梁娟给肖嘉英提供了 12 个孩子的名单及详细的家庭情况。

肖嘉英说，在学校每月 1300 元左右的生活费已足够，而远在广东做生意的母亲怕她受苦，每月给她 1800 元。她还有两个已工作的姐姐，会时不时“偷偷”塞给她零花钱，“自己根本用不着这么多钱”。

肖嘉英决定每个月从生活费里省 500 元，3 个学期，12 个月，她就可以攒下 6000 元，然后她就能用这笔钱去做自己认为“时尚”的事情了。

“戒了”多次逛街和聚会

为了攒钱，肖嘉“戒了”很多次逛街和聚会，“我比较节俭”。肖嘉英说，她唯一的“奢侈品”是一块滑板，花 1200 元钱买的，“没办法，这是我很喜欢的一项运动”。事实上，她得到这块滑板也不容易，因为母亲不同意买，她是从姐姐那里“死缠烂打要来的”。

肖嘉英说，她也买过名牌鞋子、衣服，但她从来不刻意追求。“追求真善美也算是一种时尚。”肖嘉英笑着说。终于，2018年初，按照自己的计划，她攒够了6000元。

3月12日，办好入学手续后，肖嘉英迫不及待地揣着6000元，跑去了学校附近的银行。

按照会同县妇女联合会提供的账号，肖嘉英很快便将钱汇了过去。然后，她将回执单拍照发给了梁娟。梁娟按照提供给肖嘉英的捐助名单，不到一周就发放完毕。为了保证全程公开透明，每发放一户，她都要和受助对象家庭拍照存档，以及让受助家庭签字确认。

肖嘉英说，成功捐助后，她第一时间向父母进行了“汇报”，“父母都很鼓励我，说我做得好”。

父母的善行影响了自己

其实，肖嘉英刚出生时她的家庭并不富裕，甚至可以说很贫困。她的老家在邵阳市新宁县农村，在她6个月大时，父母为了生活，带着她南下广东。“那时家里很穷，为了生计不得已外出，但又不忍心把孩子留在老家。”肖嘉英的母亲肖和青说。

肖和青说，因为夫妻俩在外多年的打拼，家里条件逐渐好转，他们并未忘记以前帮助过自己的人，开始在老家做慈善，尤其是助学，资助过村里数十个孩子上大学。“他们觉得以前别人帮过自己，自己有能力就要懂得回报。”肖嘉英说，父母的善行潜移默化影响了自己。

讨论
用家长给的钱做慈善是否合适?

湘潭大学女生将生活费攒下来做慈善，赢得了很多人的赞赏。“这一点很让人佩服，也让人想不到。”湘潭大学校报记者李向阳说，很多学生只会嫌钱不够用，但从未见过将钱省下来做慈善的，“她能坚持这么久，真的特别厉害。”

不过，对于肖嘉英的行为，也有人表达了不同看法，网友“@永远在路上”认为，现在她还是要靠父母给的生活费生活，捐了感觉不合适，其实多参加慈善活动也是一样的。也有网友觉得这种行为无可厚非，网友“@周女士”认为，父母给的生活费，这笔钱的支配权在自己手上，想怎么花都行，“何况她还和父母商量过，取得了父母的同意，所以没什么问题”。

对此，湖南师范大学教育科学学院教授、博士生导师刘铁芳认为，大学生在不影响自己学业生活的情况下，合理安排每个月的生活费，并且将多余的钱省下来参与慈善，是值得提倡的一种新型慈善方式，也在一定程度上拓宽了慈善的广度和深度。“当然，大学生做慈善也有要注意的地方，要在自己力所能及的范围参与慈善。另外也要提高自我保护意识，防止被他人利用骗取钱财。”

来源:《潇湘晨报》

周子怡：以奔跑的姿态书写最美青春

李雯雯　何好　彭楚风

周子怡，女，2000年出生，中共党员，湘潭大学化学学院化学类韶峰班2018级本科生。主持多项创新试验项目，在AEM等期刊上参与发表SCI论文2篇，获得国家奖学金、国家励志奖学金、第二届全国大学生实验设计竞赛获华南赛区三等奖以及湘潭大学“十佳大学生”等国家级、校级奖励20余项。

周子怡成绩稳居专业第一，获得国家奖学金、国家励志奖学金、第二届全国大学生实验设计竞赛华南赛区三等奖、湘潭大学“十佳大学生”“三好学生标兵”等奖励20余项。2021年9月，周子怡获评湖南省高校首届“最美大学生”。

“在坚持中成就大我，在创新中树立标杆，在奉献中彰显作为。”周子怡始终保持时不我待的奔跑姿态，生动诠释了当代大学生的责任、担当与情怀。

“美”在坚持，在坚持中成就大我

“我喜欢化学，因为它可以改变世界。”周子怡第一次看到这句话时便深深地为之触动。当代大学生想要有所作为，就必须以时代的需求为己任，树立起为时代的发展和人类的进步而奉献的伟大志向。周子怡立志要在坚持中成就大我。

奔跑是周子怡的常态。早上晨跑，签到员还没来，她便已站在签到点旁的大树下开始沉浸式早读，无论日晒或是风吹，总能在那看到她的身影，手上捧着一本书，忘我地朗读着。

在周子怡的感染下，班上的同学们也加入了这个早起晨读的队伍。走在路上的时间可以用来思考老师上课刚讲的问题，吃饭排队的时间可以用来复习老师的课件，有时还会利用空闲时间去旁听其他专业的课程。周子怡的勤奋好学影响到身边的同学。同学们经常向她请教，为了帮助大家更好地掌握每一个知识点，她将自己对书本的总结串连起来，用最简练的语言和通俗易懂的方式编成一个小册子，分享给同学们传阅，并向他们耐心讲解。

本科期间，周子怡一直稳居专业第一，甚至很多次都是满绩点，她所在的韶峰班连续获得学校“十佳班集体”和“先进班集体”称号，英语四级考试通过率 100%，英语六级考试通过率 89%。

“为学须刚与恒，不刚则隋隳，不恒则退。”周子怡将冯子咸的这句名言作为自己的座右铭，她始终认为：所有的成功都是长期坚持的结果。

“美”在创新，在创新中树立标杆

“抓创新就是抓发展，谋创新就是谋未来。”作为一名理工科学生，周子怡对习近平总书记的这个重要论述有着深切的感触。最初接触化学时，她便知道要想实现化学对社会的发展就必须要学会创新，要努力做创新者。

大一下学期周子怡主动加入王先友教授的课题组，从事锂电池和新能源材料方向的科学研究。为了尽快熟悉实验室的环境及各项实验操作，她常常下课就直奔实验室，开启了实验室、教室、宿舍、食堂四点一线的生活，周子怡的室友们经常开玩笑地说："常常好几天不见她的人影，我睡了她才回来，我还没醒可是她却已经走了。"

为了寻找到新的方法来提高电池的产率，周子怡阅读了近百份化学文献；为了提高实验的成功率，周子怡往往会用不同的方法从多个角度同时开展多项课题实验，直到达到理想的效果。她撰写的报告《空心 Co3O4-NiO/C 异质结的设计及其锂硫电池性能研究》成功申请了湖南省大学生创新创业训练项目。看着自己的课题想法被更多人了解认可，周子怡觉得，自己的付出都是值得的。

敢想、敢做、敢创新，周子怡一直在尝试，一直在路上。因专业技能扎实，学院选拔她带队参加第二届全国大学生实验设计竞赛。在一个多月的时间里，周子怡带领团队从零开始设计完成了一个适用于本科生教学、确定可行且高产率的实验方案，又在短时间内完成了实验设计、开展，论文的撰写以及实验视频的拍摄等工作，获得了华南赛区三等奖。成绩的取得不是最重要的收获，这一经历让周子怡迅速成长，清晰地认识到自己的科研兴趣所在，并确定了未来从事科研工作的方向。

"青春就应该去努力拼搏奋进，这是当代大学生该有的朝气。"周子怡是这么认为的，也是这么做的。

“美”在奉献，在奉献中彰显作为

“生命的意义在于付出，在于给予，而不在于接受，也不在于索取。”初次看到这句话时，周子怡便深深地记在了心里，并在一次次的付出中找寻生命的价值与意义。

大三上学期，周子怡担任2020级新生辅导员助理，担起了新的责任与使命。为了做好学弟学妹们的引路人，拉近与他们之间的距离，周子怡主动参与到新生的班服设计大赛中，并动员全班30名同学参加节目表演；为了帮助同学们了解自身的学习状况，她联合发起三大拔尖人才创新班组织高等数学模拟考试，亲自出卷阅卷，细心地为每位同学总结分析，查漏补缺。班上的杨同学很喜欢化学，但是父母不同意其学习化学，要求转专业，又因未能处理好人际关系而一度情绪崩溃。周子怡知道情况后一方面安抚他的情绪，倾听他内心的想法，另一方面帮他逐一分析问题，与其父母沟通。此后周子怡长期关注该同学的思想和学习动态，与他谈心谈话，经常给他一些学习上的建议，解答疑惑，带他一起融入班集体。期末考试杨同学的总成绩位列班上第三名，性格也越来越开朗，与班上同学相处融洽，家长专门打电话给她表示感谢，再也不提转专业的事。

一个寒冬的夜晚，周子怡刚结束一天的学习回到宿舍，电话铃声突然响起，曾经进行过胃部分切除手术的李同学打来电话，说他突发胃痛，难以忍受。周子怡心急如焚，立即陪同他前往市中心医院检查，并打电话告知其老师和父母。抵达医院时已是深夜，周子怡排队挂号向医生述说病者的情况。按照医生的叮嘱，陪同留院观察。凌晨，周子怡担心同学的点滴空瓶，坚持十分钟查看一次同学的情况，一直到五点。冬天的天亮得晚，但她已经无法入睡。返回学校后，周子怡直奔教室，立即调整状态投身到学习中。几天后，周子怡无意中在她的书里发现了一封信，打开一看，是李同学的感谢信，最质朴的言语里透露着最诚挚的谢意。周子怡用心、用情陪伴着班上的同学，在自己繁重的学习之余帮助他们学习成长，成为他们依靠和信赖的知心学姐。

2020 年春节突发新冠肺炎疫情，周子怡家中也迎来了一场变故，负责小区安保工作的外公被检查出癌症晚期。即使是生病了，外公也心心念念着要坚守在岗位上。看到逆行者们不顾个人安危迎难而上，去寻找更多人的生命线，周子怡毫不犹豫地报名成了小区疫情防控志愿者，代替外公站在了安保的岗位上，这是当代大学生义不容辞的责任、使命和当担。保安室内存在视线死角，为了把好小区的门户，她便搬了一张凳子坐在小区门口，为进出的每一位行人进行体温测量，对小区外人员进行身份证、电话、体温的登记，向不理解该项工作的住户进行耐心的解释。冬天的风很冷，但是周子怡的心是暖暖的。

作为一名青年学子，周子怡用自己的行动诠释着当代大学生的责任与担当，以奔跑的姿态，在坚持、创新、奉献中书写最美的青春。“在湘大我遇见了更好的自己，感恩我的老师和同学们，我也会将这份温暖传递下去。”周子怡说。

来源：湘潭大学微信公众平台

周晓玲：相信种子的力量

马志远　章思思

周晓玲，女，1997 年出生，陕西安康人，中共预备党员，湘潭大学碧泉书院·哲学与历史文化学院 2016 级社会学专业本科生、2020 级社会工作研究生。在校期间曾担任湘潭大学公益联盟团支书、湘潭大学社会工作协会会长等职务，参与志愿服务和社会工作实务项目十余个，志愿服务时长超 1000 小时，获国家奖学金和校级荣誉十余项。

“种子生现行，现行熏种子。”大学期间举办的活动、做过的服务、去过的地方，对周晓玲来说，早已烂熟于心。做公益对周晓玲来说——“是为了让种子发芽。”

“小时候，因为爸妈把仅有的积蓄倾囊借给邻居治病，过了一段没有零花钱的日子，这对小孩子来说是天大的事，所以一直记得很清楚。”小时候播下的一颗种子，终于在大学找到了土壤，周晓玲的大学时光多半是在志愿服务中度过的，“五一”假期。她在韶山做文明劝导志愿者；“十一”假期，她在学校准备军训服回收活动；寒假要构思三月雷锋月的活动方案；暑假带着团队进行“三下乡”社会实践；周末得权衡是去敬老院服务老人，还是去社区的小学陪伴孩子，或者是留在学校做各种校内服务活动。

周晓玲从不会忘记在湘潭大学公益联盟和志愿者们一起努

力奋斗的三年。从干事到部长再到主席团，她见证了这个公益联盟的发展与变革，也真切地感受到了自己的成长。她不觉得一个人的力量可以改变整个世界，但坚信一个人可以影响很多的其他人，就像蒲公英一样将种子播撒到远方。她说："这就是种子的力量，也是行动的力量。每个人都带着不同的种子，意味着每个人都有不同的使命。我发现了我的种子，并且像小王子呵护他的玫瑰一样守护我的蒲公英，那它也会是这个世界上独一无二的。"

周晓玲说志愿服务塑造了她，也成就了她。大学期间，参与各类公益服务百余场，负责策划活动 50 余场，志愿服务时长超过 500 小时，服务对象涉及老年人、青少年、大学生、社区居民等群体，曾获"景区文明劝导优秀志愿者"、湘潭大学"优秀志愿者""优秀社会工作者""优秀团员"等十余项相关荣誉，负责的军训服回收项目获得湖南省第二届公益创投大赛初创组铜奖。

"我给自己的大学生活打 90 分，还有 10 分留给未来去创造。"保研本校的周晓玲带着湘潭大学发芽的种子，在更广阔的田野长成参天大树。

来源：《湘潭大学报》

黄欣：沐浴着阳光而来

张赵　王星　郑金林

黄欣，女，1998 年出生，重庆人，中共党员，湘潭大学文学与新闻学院 2016 级广播电视学专业学生。在校期间，曾获湘潭大学乙等奖学金、湘潭大学丙等奖学金、湘潭大学 2017 年度及 2018 年度“志愿服务个人”、湘潭大学 2018 年度“三好学生”等荣誉。

黄欣是汶川大地震的亲历者，呛满鼻腔的咸腥烟尘揉进了她在公益道路上的坚定。

2008 年地震来临时，她才 10 岁，小学四年级。80 秒，山崩地裂，高楼大厦倾然成残垣断壁，伴着触目惊心的画面一起出现的是无所畏惧向着废墟前进的人民解放军、在灰烬里蹒跚着的白衣天使、自发组队搬运物资的志愿者、献血车前络绎不绝的爱心人士……

大灾面前的大爱，在这一刻展现得淋漓尽致，来自陌生人的温暖，人与人之间毫不吝啬的善意，把公益的种子深深埋进了女孩儿心里，在那一刻，她发誓：以后也要尽己所能帮助别人。

2016 年 9 月，黄欣踏进湘潭大学，心中的种子也萌芽生长，她走进了文学与新闻学院青年志愿者实践部，跟着一群志同道合的小伙伴，走上了公益的道路。从重阳节百人宴到爱心支教，从梦想社区到爱心血库，几乎每一个志愿活动都可以见到她的身影。

2016 年 10 月 16 日，黄欣刚满 18 岁，在法律允许的条件下，她迫不及待地走进了献血车。童年的回忆席卷而来："我小时候就见到过献血车，但当时都是大人在献血。"一转眼，黄欣也成了曾经她眼里的"大人"，她骄傲地说道："有一天，当你真正有能力、有资格去做你想做的事了，心里便是无尽的舒爽与满足。"

第一次献血她便选择了 400ml。"当然是因为女生最多只能献 400ml，如果有更高的选项可以选择，我可能会献更多。"黄欣说，"我了解自己的体质，我知道我可以。多献一点多一点帮助，积小流汇江海嘛！"

【献血服务】尊敬的献血者：您于 10 月 16 日献血检测合格，您捐献的血液挽救了一个人的生命，感谢您捐血救人！湘潭血站。

在收到短信的那一瞬间，黄欣突然觉得自己很踏实，想着自己的血液流淌在一个素不相识的人的身体里时，也会感觉很奇妙；想着自己的血液挽救了别人的生命的时候，又很是激动。

她在两次献血必须间隔 6 个月的条件下已经献了 4 次血。在第二次献血，依旧想选择 400ml 的献血量时被医生阻止了。医生说："时间隔得有点儿近。"在医生的劝阻下，她听从医生的建议——唯一一次在献血量那一栏里选择了 300ml。

每年两次，风雨无阻，"献血这件事儿可能会伴随我一生吧，直到身体不能承受的时候"。黄欣不仅自己献血，还会带着朋友去献血。她说她会带动更多同学加入到献血的行动中来，她明白：血液连通的其实是爱。

来源:《湖南日报》

于秀海：成长在支教的路上

张赵　王星　郑金林

于秀海，男，1997年出生，安徽涡阳人，中共党员，湘潭大学兴湘学院2016级市场营销专业学生。曾获湖南省“省级优秀毕业生”、湘潭大学“优秀毕业生”、国家励志奖学金、湘潭大学甲等奖学金、湘潭大学“三好学生”、湘潭大学“优秀学生干部”、湘潭大学“优秀团员”、湘潭大学木槿感恩支教团暑期支教“优秀志愿者”、湘潭大学“优秀学生社团工作者”等荣誉。

参与16次平时支教、1次暑期支教，组织68次支教活动，从参与者到组织者，从生涩的小干事到老练负责人之一——这既是湘潭大学兴湘学院2016级市场营销专业的于秀海在木槿感恩支教团的公益之路，也是他不断成长的历程。

2017年暑假期间，于秀海参加了赴湖南永州为期18天的暑期支教活动。支教开始，小朋友们对陌生人的抵触，渐渐在支教队员的热情中融化。情谊在18天的朝夕相处中蔓延生长，离别时刻情正浓，天刚蒙蒙亮，就有小朋友趴在窗户上敲玻璃，叫他们起床，孩子们帮他们收拾行李，陪他们等车。他们上车时，孩子们哭着唱起了老师曾教过的《刚好遇见你》，那一瞬间，于秀海都忍不住流泪了。

“老师，我们舍不得你走！”车外，孩子们哭着向他们告别。支教队员们含着泪告诉孩子们有空会回来看大家，但是心里都明白，这也许是一个美丽的谎言，“这一别，再相见可就太难了”！

于秀海不想只留一片背影在孩子的歌声里，便想着多几次支教，多些和孩子见面的机会。于是他主动跟着学习策划支教活动，主动联系校方、招募志愿者，在一次次的尝试中磨练、蜕变、成长。

后来，于秀海已经成了支教团的主要负责人之一。他要做的不仅仅是完成个人工作，更重要的是确保整个支教活动可以顺利进行。为了寻找合适的合作学校，于秀海曾多次深入武陵山腹地，在黔东南铜仁遍访；他也曾连续坐车 30 多个小时，风尘仆仆，从大江之南赶到三商之源，在河南商丘与校方洽谈。

劳碌的背后是强大的责任心，他说：“大家都准备了那么久，付出了那么多努力，如果因为我没找到合适的对接学校而没法进行下去，那我真的是‘无颜见江东父老啊’！”

爱人者，人恒爱之。在于秀海与支教团成员共同的努力下，他们的爱心事业得到了广泛的认可。2016 至 2018 年，湘潭大学木槿感恩支教团连续获得了湖南省最受欢迎高校“百优十佳”学生社团、湘潭大学“十佳社团”等多项荣誉。合作过的学校对支教团的工作非常满意，纷纷表示继续保持合作关系，截止到目前支教团收到的锦旗就有数十面。

2017 年 7 月，一直保持合作的宁远县天堂镇完全小学寄来了感谢信，对支教团良好的组织纪律性、认真负责的态度、团结协作的精神，以及志愿者与孩子们互动时的朝气和睿智，教学上的新思想、新理念等给予了高度赞赏，并认为这次支教活动虽然只有短暂的半个月，却给孩子们留下终身难忘的美好回忆，“孩子们会永远记住这个难忘的暑期”。来信尤其对他们所坚持的事业赞许有加，“基于爱心的互换是最深沉的呼唤，出于自愿的事业是最有生命力的事业，服务他人的行为是最高尚的行为，奉献者的语言是最易沟通的人类共同语言”。

在责任与压力中一路成长，在热爱和奉献里一路坚持。于秀海不仅出色地完成了自己的工作，更实现了自身能力的巨大飞跃，他多次获得“优秀志愿者”的荣誉。

“爱心铸就梦想，激情点燃希望。”于秀海说，“这是我们木槿感恩支教团的口号，也是我一直坚持的事情，在支教活动中我一定会继续成长。”

当这些志愿者们播种下希望的时候，爱的种子也在萌芽生长，用一颗心温暖另一颗心，将温暖传递。春天正在向我们走来，当我们走进新的四季，体验新的轮回的时候，会有越来越多的湘大人怀着满腔的热血与激情，走上这条通往爱与奉献的公益之路。

来源：《湖南日报》

湘潭大学木槿感恩支教团：木槿花开

刘文华

湘潭大学木槿感恩支教团是湘潭大学注册的第一个公益类社团，是湖南省最受欢迎高校“百优十佳”学生社团、湘潭市优秀大学生社团、湘潭大学“十佳社团”、湘潭大学大学生暑期“三下乡”社会实践活动优秀团队、“益暖中华”谷歌杯第五届中国大学生公益创意大赛全国入围团队，曾获湘潭大学“芙蓉学子·榜样力量”优秀大学生奖。

待到学期至终时，又是一年支教季。当大部分学生在回家的路上匆匆疾驰的同时，总有那么一群人带着梦想的因子踏上人生的归途。2016 年 7 月 8 日，湘潭大学木槿感恩支教团的 24 名志愿者抵达湖南省永州市宁远县天堂镇完全小学开展了为期 15 天的支教活动，主题是“木槿支教，情暖永州”。

但曾相见便相知——学校概况

第一天，在天堂镇完全小学的蒋校长和宁远县教育局各领导的引导下，志愿者们渐次了解了学校概况。天堂镇完全小学坐落于湖南永州境内，据校长介绍，学校始建于二十世纪八十年代，底蕴丰厚，历史悠久，人才辈出。不仅是学生成长的摇篮，也是老师展现才华的沃野。学校的育人理念是：开发潜能，展现个性，并一贯坚持“品牌、质量、服务”的教学理念。学校要求学生以“守纪、刻苦、明德、慎行”作为学习和行动的宗旨，刻苦耐劳，知行合一。

同时，学校拥有一股强大的师资力量，他们团结、勤奋、实干，不断提升教师的素质和创新精神。这里有全国优秀班主任，全国优秀教育工作者，他们以与时俱进的教育思想、无私奉献的精神培养了一批批优秀学子。在全面推进素质教育进程中，天堂镇完全小学以高质量的教学方法树立了良好的社会形象，成为学生、家长心中的好学校。

米凭转斗接青黄——生活条件

7 月 8 日下午 3 时，从湘潭到宁远的大巴车停在天堂镇完全小学校门口，志愿者们陆续下车提取行李，学校领导们出来迎接，与带队队长刘艳军同学接洽。不久后蒋校长和其他领导们带志愿者去学生宿舍放行李，志愿者们欢心雀跃，迫不及待地想要卸下行囊。

走进学校，迎面相见两栋建筑，一栋在右侧操场上面，是教师办公室；一栋在左侧，一楼是学生食堂，二楼和三楼是学生宿舍，其后面是一栋正在修建的教学楼。志愿者们提着行李箱走在泥土泛红、坑坑洼洼的小道上一路直上，然后向左便来到了学生宿舍，进来看见一楼的食堂师傅们正在为志愿者准备晚餐，志愿者们把行李放在食堂后便随队伍上楼收拾宿舍，男生住二楼，女生住三楼，男生 6 人住一个寝室，女生 18 人分三个寝室住。洗漱洗澡均在学生卫生间。备课在学校多媒体教室。

学校提供了五百斤大米，志愿者们定期赶集买菜。做菜、做饭、洗碗由副队长胡梦芳同学和志愿者李文正同学安排人员轮流负责。

我本将心付春风——支教剪影

7 月 8 日下午 5 时，宁远县湘潭大学木槿感恩支教团大学生暑期支教交流活动暨启动仪式在天堂镇完全小学多媒体教室举行。宁远县教育局各领导、宁远县天堂镇完全小学蒋校长、宁远县关心下一代工作委员会领导以及湘潭大学木槿感恩支教团支教队员等 30 人参加本次会议。

会议中，各领导依次发言，对与暑期支教活动相关的内容做介绍以及对前来支教的湘潭大学木槿感恩支教团永州队表示欢迎。蒋校长在会议中说道："我们学校的许多学生是留守儿童，孩子们缺少父母的教育，缺少关爱，他们虽然调皮却很脆弱，希望在短暂的十五天中，志愿者们能够给他们的生活中注入不一样的因子，陪伴他们成长。"

7 月 10 日上午，来自各村各镇的学生纷纷前来学校报到。早早地，一到六年级的班主任和各科老师便在教室等候，许多家长带领学生依次在各班班主任处报名填写基本信息，而后各班召开班会，具体内容包括：班主任自我介绍、学生自我介绍、班主任介绍任课老师、选举班干部、分发安全承诺书等。在各项具体事宜落实后，各班老师组织学生分地区排队，送学生回家，保证其放学途中安全。

7 月 11 日上午 8 时，各年级老师开始上课，语文、数学、英语、百科、素拓、美术、国学、书法等课程异彩纷呈。老师提前备课，希望课上能带给学生最好、最实用的知识，学生上课认真听讲，专心做笔记。整个上午，教学楼里弥漫着久违的师生欢愉的声音。

11 时 30 分，各班老师组织学生排队，分批送学生回家。有的老师甚至把学生从宁远县送到道县，天气炎热似火，他们却乐在其中。

在抵达宁远的第一天（7 月 8 日），蒋校长一一介绍了这里的文化名人和名胜古迹。第二天，蒋校长和教育局的领导们带领 24 名志愿者乘车去领略宁远县的著名景点——位于南岭山脉处的九嶷山和庙学合一的儒文化殿堂宁远古庙。

九嶷山上白云飞——文化底蕴

万里江山朝苍梧，九嶷山上舜帝魂。九嶷山南接罗浮，北连衡岳，纵横 2000 余里。所谓“九嶷”就是说苍梧山的九座山峰形状相近，游者分不清各峰名称，时人便称之为九嶷山。《山海经》也有记载：“九峰相似，游者疑焉。”说的便是舜源、娥皇、女英、杞林、石城、石楼、朱明、箫韶、桂林九座山峰。九嶷山各峰秀丽险峻，古雅独特，带有一种神奇的美感。群峰之下，分布众多岩溶洞宇，其态万千，特色分明。其中玉馆岩更是留有历代印刻大师的石刻真迹。

《史记·五帝本纪》：“舜南巡崩于苍梧之野，葬于江南九疑。”相传上古时期舜帝南巡崩于九嶷山间，葬于山前，其二妃娥皇、女英奔走万里寻觅夫君，溯潇水而上，由于九峰相仿，令人疑惑，终未得见。后人为祭奠祖先，朝拜舜帝，夏朝建舜庙于九嶷山。秦汉后，历代帝王遣官致祭。文人骚客登临九嶷山，留下大量诗文和摩崖石刻，以及众多动人的传说。

百年古庙弘儒德，学宫圣殿育英才。走进宁远文庙大门，满眼望去，一个宽广的庭院便展现在眼前。草茂叶繁，绿树成荫，宛如一幅山水写意画。前行几步，便有一石池，形若半月，全为条石构成，导游说其称泮池，古代学子入庙读书必先绕池一周行入学礼。与泮池相映生辉的棂星门，亦为青石结构，上镌麒麟狮象，跳跃奔突，栩栩如生。而后是大成门，门前有两根石柱，石柱上雕镂着巨龙，精致华美。大成门的四周被九只互缠龙的浮雕环绕，其下用四根户对固定，再下是居门两侧的门当，门当上雕刻有龙和鱼的图像，寓意“鲤跃龙门”。大成门并排三扇，高达丈余，气势雄伟，东西并列乡贤、中宦两祠，进入大成门，整个大成殿便映入眼帘，顿觉满目生辉。

九嶷山风景如画，文庙深刻古老。但仿佛所有的相遇都少不了离别的片段。就像走过了数十个春夏秋冬也始终不能丈量人生之路到底有多远，就像许多片刻的时光也能成为永恒，宁远的文化底蕴透过苍梧，透过文庙，随着历史的步伐，正散发着阵阵幽香，悠久又绵长。

后记

几年来，湘潭大学木槿感恩支教团共获得 12 项省级、校级荣誉，组织 15 支支教队前往四十多个市区进行支教活动，约服务 4100 名中小学生，1150 名志愿者参与其中。湘潭大学木槿感恩支教团坚持以最初的心，做永远的事。

来源：湘潭大学三翼校园（标题有删改）

湘潭大学校史展览馆志愿讲解团：述湘大故事，践公益初心

湘潭大学校史展览馆志愿讲解团

湘潭大学校史展览馆志愿讲解团成立于2008年，依托于湘潭大学校史展览馆，讲解团累计志愿接待20000余人，为宣传湘大历史、弘扬湘大精神、传递湖湘文化做出了极大的贡献。在传承湘大精神的过程中，讲解团成员们还积极参加了各类社会志愿服务活动共计50余项。

讲好湘大故事，服务入学教育

参观校史展览馆是新生进入大学的重要一课，湘潭大学校史展览馆针对新生入学教育开启新生参观志愿讲解服务。一年内，讲解团成员累计服务包括马克思主义学院、公共管理学院、机械工程学院等23个学院的7500余名新生。

校史展览馆志愿讲解团在带领新生团队参观校史展览馆时，往往采用分段讲解、突出重点、制造悬念、问答互动等多种生动的讲解方式，激发学生的聆听兴趣，带动讲解的互动氛围。讲解员通过对学校历史、校园演变、校园文化、学生活动、教育教学等方面的讲解，让新生对学校有全面、详细、具体的认知，使新生对于个人未来四年的大学生活与学习环境有系统性的了解，能够帮助新生树立正确的大学生活观念以及制定正

确的大学生活规划。

激发爱国情怀，服务党团培训

不少同学在随同讲解员参观完毕后表示，此次参观对其影响深远，不仅可以加强对学校的认识，并且能够激励其传承发扬湘大精神，为帮助其深入了解湘大校史，培养爱校、荣校、兴校意识发挥了重要作用。

学习湘大历史、传承湘大精神是湘大学子综合素质培养中必不可少的内容，校史展览馆自成立以来便持续开通青马培训与党校、团校培训志愿讲解服务通道。校史展览馆志愿讲解团一年内共接待 53 批参观人员，累计服务青年马克思主义者培养工程训练班、马克思主义学院团校培训班、公共管理学院入党积极分子培训班等众多班级的 4200 余名学员。

校史展览馆志愿讲解团在带领青年马克思主义者培养工程训练班及各学院支部培训班参观校史展览馆时，往往遵循“因人施讲”的原则，通过“诠释学循环 + 建构主义”法，将讲校史与讲党史深度融合，往往能引起学员们的强烈共鸣与深度思考。讲解员通过对学校发展历程、红色主题活动、党建工作与思想建设等方面的详细介绍，引导学生铭记伟人关爱之情，缅怀先贤创业之功，担当领袖所嘱之责，激发学生荣校与强国之志。

赓续红色基因，服务爱国教育

讲解员的每一次讲解，都能带领校友们回忆青春岁月，增强校友们对于母校的认同感以及归属感。讲解团成员也目睹了他们回首往事时的热泪盈眶，体会到了他们畅谈激情岁月的慷慨激昂，感受到了校友们对母校的深切眷恋，湘大精神与湘大情怀就这样代代传承、历久弥新。

湘潭大学校史展览馆作为湘潭市爱国主义教育基地，是湘潭市为传承红色基因打造的红色名片，是宣传红色文化的窗口。在讲解校史的同时，与党史相融合，不断融入红色基因与红色文化。校史展览馆志愿讲解团通过自身努力，不断扩大校史展览馆的辐射范围，成功将校史展览馆打造成为爱国主义培训、教育与传承的基站。湘潭大学校史展览馆志愿讲解团共接待近50批外来参观团队，累计服务研学团队、周边社区、其他高校、外来领导等团队近万人。

其中，讲解团陆续接待了云龙中学、湘潭县第一中学、凤凰中学等来校研学的十几批近7000名学生，针对同批次、多人数的研学活动，讲解团采取协同分散、流动带班、同步讲解的方式确保讲解效果；同时多次接待来自东坡村、北斗村、教师公寓的居民住户，以及来自湘潭其他校外社区等5批参观群体，共计80余人，为宣传湘大历史、湘大精神与红色文化做出了贡献，并取得了较好的反响，创造了极大的社会效益。

传承湘大精神，投身志愿服务

在湘大精神的引领下，讲解员们始终坚守在防汛、抗疫阻击战的最前线。讲解团成员张思睿参加汨罗市新冠肺炎疫情防控和防汛抗灾志愿服务活动，服务时长共计100小时；胡燕两次参与桂东县新冠肺炎疫情防控工作，被评为“优秀大学生志愿者”；李雨蝶参加宁乡市新冠肺炎疫情防控工作，服务时长共计 30 小时；邹佳欣参加白城市新冠肺炎疫情防控工作并支援郑州暴雨抗洪工作……2021 年，校史展览馆志愿讲解团积极响应湘潭大学招生的号召，讲解团带队老师及学生负责人带领 15 名讲解员志愿配合招生就业处进行了近 20 天的招生宣讲工作。宣讲团面向师生及家长近 2 万人，经团队不懈努力，2021 年湘潭大学在郴州录取人数达 237 人，同比提升近 3%。其中生源优质的临武县第一中学考取湘潭大学的有 30 人，刷新往年记录。招生宣讲团用实际行动为湘潭大学在全国高考改革的浩荡激流中抓住优质生源这关键一环做出贡献。2019 年，15 名讲解员对沧南、曹辉、刘志良、唐湘岳等优秀校友进行了人物专访，并结合采访所得，撰写了《沧南教授——三尺讲台，桃李芬芳》《唐湘岳——赤子情怀，放飞理想》等多篇专题报道，通过文章将湘大精神薪火相传。

延续优良传统，调研红色专线

湘潭大学是红色精神的发源地，讲解团积极响应习近平总书记“加强红色资源保护、开发和利用，让红色基因代代相传”的号召，将湘大红色基因同地域红色基因相结合。近 20 名团队成员参加了为期两个月的全国首条红色专线（韶山至井冈山）调研。期间，团队搜集大量资料，制作并回收 234 份问卷；线上采访了井冈山管理局、韶山文化旅游广电体育局等单位负责人；在中国大学生之声、爱上大学、《湖南日报》等多个国家级、省级媒体上发表新闻稿近20篇，发布专题报道5期。该调研项目被评为“三下乡”校级重点项目，校史馆志愿讲解团参加了全国百强实践团的评选。团队深入考察的成果为充分发挥区域红色文旅合作优势提供了新思路。

践行志愿精神，勇担青年责任

秉承着湘大精神，湘潭大学校史展览馆志愿讲解团砥砺前行，积极参加各类社会志愿服务活动50余项。如团队成员刘春苗连续两年参加“翼飞”支教活动，为学生讲授防疫、英语等课程；柴景瑞作为蓝信封通信大使，一对一书信陪伴留守儿童；靳沛豪在湖南百公里大型徒步活动中为徒步者保障物资、提供支持。不仅是他们，讲解团还有一大批成员身体力行，致力实践，奉献社会。

在湖湘文化与湘大精神的引领下，湘潭大学校史展览馆志愿讲解团选拔严格、培训科学、管理规范，在加强自身建设方面不断开拓创新。未来仍将坚持创新团队建设、革新发展目标，不断优化个性化讲解模式，提升讲解团团队能力与参观者体验感受，以便更好地传递湘大精神，传承红色基因，传播湖湘文化。

来源：作者供稿

自强不渝，
寻来日之至明

扶婷："中国好人"扶婷——绽放别样精彩

刘建强

扶婷，女，湘潭大学法学院2008级硕士研究生，现任湘潭大学公共管理学院教师，法学博士。致力于经济法、环境法研究，发表多篇研究成果，主持了《湖南省不动产登记责任保险机制研究》等课题，参与湖南省一流本科课程《劳动和社会保障法：原理及案例》录制。兼任最高人民检察院民事行政检察专家咨询网专家、湖南省政府投融资法制研究会理事等职务，担任湘潭市第十六届人民代表大会代表。曾参加残奥会等比赛，共获得金牌18枚。在工作中业绩突出，荣获全国律师行业创先争优活动党员律师标兵、全国最美法律服务人特别提名奖、全国律师行业优秀共产党员、湖南省向上向善好青年、湖南好人、湖南省自强模范等荣誉。

从屡次打破世界纪录的运动员，到"全国大学生自强之星"，再到热心公益的执业律师，作为一名从小残疾的农村女孩，她的每一步都走得很艰辛。30多年来，湖南女孩扶婷用独臂与命运抗争，始终以拼搏的姿态完成一次又一次的华丽转身，在人生的每一条"赛道"上都活出了自己的精彩。

运动场上的励志少年

1989年，年仅3岁的扶婷被一场车祸夺去右臂，由于年龄小，这件事并没有给她留下痛苦的记忆。在成长的过程中，她反而因为学习好、性格好，乐观向上，受到了亲戚、邻里和老师更多的宠爱。

1999 年的一天，村支书和妇女主任找到扶婷的母亲，语重心长地说："婷婷是个懂事的孩子，你们疼她、爱她，但不能总捧在手心里，应该让她出去锻炼锻炼了。"在他们的积极奔走下，13 岁的扶婷进入湖南省湘潭市体校学习。

起初的体能训练，学员们顶着烈日绕足球场一圈圈地跑，教练骑自行车"监督"，扶婷咬牙坚持了下来。扶婷身材娇小，关节韧性不好，教练为她选择了游泳项目。此时，身体的缺陷就显露出来——一只胳膊，难以保持身体平衡，抓不住打水板，更跟不上别人的训练进度！但扶婷比谁都能吃苦，总是按照最严格的技术要求训练，慢慢摸索适合自己的方法。

2001 年，在一场看起来毫无希望的选拔赛上，扶婷意外地看到现场来了好多村里的叔叔阿姨。原来得知她参加比赛的消息，乡亲们起早赶了 10 多公里来为她加油。深受触动的扶婷在乡亲们的助威声中，奋力拼搏，顺利晋级。

一年之后，扶婷成为国家级游泳运动员，又面临釜山"远南"运动会（后更名为亚残会）的选拔，当时她的成绩在全国并不是最优秀的，但教练组看中了她爱拼的性格力荐她出战。第一次代表中国参赛的扶婷不负众望，取得了一金两铜的好成绩，当时，她还只有 16 岁。

2003 年 11 月，在新西兰举行的世界轮椅运动会上，扶婷获得 4 枚金牌；2003 年 12 月，在香港举行的第一届青少年"远南"运动会上，她再一次问鼎，获得 100 米仰泳金牌，还获得

200 米混合泳银牌；2004 年，在希腊雅典举行的残疾人奥运会上，扶婷获得女子 100 米蛙泳的第 9 名……在将近 10 年的运动生涯中，扶婷屡次打破世界纪录，斩获金牌 18 枚、银牌 5 枚、铜牌 4 枚。

“对极限的挑战是很难的，这是对毅力的考验。”回首那段艰苦的日子，扶婷说，正是体育训练磨炼了她坚强的意志，让她受用一生。

大学校园里的“学霸”

日常训练和频繁的赛事并没有影响扶婷的学业，从小学到中学，她的学习成绩一直名列前茅。2004 年雅典残奥会后，她退役参加高考，以远超特招分数线的成绩考上湘潭大学法学院。

当律师是扶婷的第二个梦想，为了实现这个梦想，她同样付出了艰辛的努力。

从比赛场上的强者，到校园里的学子，扶婷一开始很吃力。由于农村学校从初中才开始学英语，她的英语水平比同学们差了一大截，尽管紧赶慢追，仍然直到大三才通过英语四级考试。

体育生涯中养成的拼搏精神和执着态度被扶婷运用到学习中来。上课、自习、泡图书馆，没课的时候就去蹭高年级的课，努力多学知识。大学四年，她年年获得奖学金，还被评为“中国大学生自强之星”。

2008 年国家司法考试前两个月，扶婷说那是她一辈子“最发狠”的时候。她硬性规定每天要看多少页书，多少天内要把一本书看完。最终，她以高分一次性通过了国家司法考试，并获得了律师实习资格。第二年，她又以全年级第一的成绩直升研究生。

2011年，扶婷如愿成为一名执业律师，但她并没有放弃学习。2018年，已成为两个孩子妈妈的扶婷，抱着“不试试怎么知道自己有多大能量”的想法，用2个多月的伏案苦读换来了一纸博士的录取通知书。此后，她又用最短的3年时间取得了博士学位。

匡扶弱者的正义律师

在当事人的想象中，律师都是匡扶正义的“强者”，而扶婷孱弱的体形，让她一开始就遭遇了“信任危机”。

扶婷主要从事民商事法律事务。2012年，律所指派她单独承接一家本地公司的法律纠纷。这家公司在云南施工期间与当地发生纠纷，对方提出70万元的赔偿要求。公司负责人一见扶婷既是残疾人又是女性，多少流露出不放心。

“这么多律师，如果不能给别人更好的解决方案，没有更好的法律素养、更好的出庭，别人怎么信任你？”扶婷没有气馁，经过详细阅读案卷，现场调查取证，挤干了赔偿数额里的水分，最终，赔偿金额被法院判定为2万元。扶婷的能力得到了客户的认同，这家公司将她聘请为长期法律顾问。

凭着对专业的执着追求，扶婷的业务日益精进，她担任了湖南省律师协会理事、湘潭市律师协会副监事长，被最高人民检察院民事行政检察专家咨询网聘请为咨询专家。

扶婷总是很乐观，她并不觉得自己是个残疾人，但一旦遇到需要帮助的残疾人，她却感同身受。为了给弱势群体特别是残疾人提供法律帮助，2017 年年底，扶婷牵头成立了“扶婷公益法律服务工作室”。迄今为止，工作室已办理法律援助案件几十件，开展残疾人法律知识讲座数十场，提供的法律咨询数不胜数。

扶婷还担任了湘潭市残疾人联合会兼职理事、雨湖区残疾人联合会兼职副理事长，她为湘潭市残疾人申领驾照积极奔走，为残疾人创业就业提供法律指导，录制疫情防控手语视频，为残疾人家庭实施无障碍改造出谋划策。她与电子商务、农业、加工领域的专业人士组建了雨湖区残疾专家志愿服务团，先后帮助 125 名残疾人实现就业、创业，为残疾人帮扶筹集的资金和物资价值累计 86 万余元。

“在他人眼中，好像我的选择很多，实际上，每一步我都比别人更艰难。”2021 年 9 月，扶婷进入湘潭大学公共管理学院任教。

站在新的起点，她充满信心 ：“人生没有退路，只有奋斗才能更强大。”

来源：湘潭在线（文章有删改）

张高峰：冷漠，不属于当代大学生

唐湘岳

张高峰，男，1993年出生，河南汝州人，中共党员，湘潭大学土木工程与力学学院2017级交通运输工程专业硕士研究生。在校期间，曾获国家奖学金、国家励志奖学金、“中国大学生自强之星”“第二届全国大学生孝文化节孝行人物”“湖南省普通高校百佳大学生党员”“湖南省优秀志愿者”“湖南省励志成长成才优秀学生典型”、湖南省“雷锋式志愿者”“湘潭市优秀共青团员”“芙蓉学子·榜样力量”公益行动奖、汝州市“汝州精神十大人物”等30余项荣誉。

“我欣喜，爱心产生共鸣，很多人帮助老九哥；我紧张，不知道该怎么描述老九哥一家的困境；我心情沉重，老九哥还在苦苦等待造血干细胞移植……”

入冬一日，湖南工学院2114教室，一场讲座正在举行。工程管理专业大二学生张高峰千里奔走，为患白血病的邻居老九哥寻求帮助的故事，感动了很多人。张高峰说：“冷漠，不属于当代大学生。”

“大家帮助了我，我怎能漠视他人的困难”

“高峰，你去看看老九哥吧。”2014年8月20日傍晚，张高峰从衡阳回到家乡河南省汝州市小屯镇时屯村。吃饭时，妈妈告诉他邻居苏老九患了白血病。张高峰赶紧放下碗筷出门。

苏老九 11 岁的儿子苏明明坐在门前石阶上哭。47 岁的苏老九脑门上搭着毛巾蜷缩在病床上，14 岁的女儿苏珂珂在床头陪护。

苏老九的妻子李春环告诉高峰，一个月前苏老九晕倒在工地被送到医院，检查治疗花了不少钱，家里能卖的都卖了，亲友能借的也借了。由于没钱，已经断药。

“怎么办呢？”张高峰问。“妮子就别读书了，家里供不起两个。老九的病，走一步看一步吧。”李春环长叹一口气。

张高峰脚步沉重地回到家，决定到省城寻求机构和媒体的帮助。

说服了苏老九一家，揣着自己暑假打工攒下的 300 元钱，张高峰带着李春环和苏明明出发了。8 月 24 日清晨 6 点赶到郑州市，公益机构、慈善机构、省人民医院……张高峰领着娘儿俩到处求助，晚上就在医院楼梯间或是银行自助服务厅内铺一张床单、几张报纸，和衣而卧。

求助效果不理想。8 月 25 日晚上，在银行自助服务厅内，张高峰辗转反侧。两天了，没有进展。他深知自己背负着邻居一家人的希望。

8 月 26 日中午，三人到达计划中的最后一站……郑州红十字会。但是红十字会只有针对 14 岁以下白血病患者的救助。三人疲惫而颓丧地坐在路边。“《大河报》服务中原……”不经意间，张高峰看见宣传栏上的这几个字。“还有一线希望！”张高峰立即询问路人大河报社怎么走。

8 月 27 日，《大河报》以《河南大二男生力救白血病邻居》

为题报道了张高峰为苏老九奔走求助的事迹，报社在新浪微博上发起“救救老九哥”的公益求助，河南省慈善基金“大河之爱”为苏老九紧急拨付1万元。

我只是做了该做的事。我两岁时没了父亲，乡邻都对我很好，不仅送衣服给我穿，而且谁家有好吃的还会叫我吃。初中时，为了省钱，我每次都会带足一个星期的干粮。一次，我在教室啃硬邦邦的馒头，陈月娜老师看见了，便让我以后去她家吃饭。就这样，我在陈老师家吃了一年的饭。去年考上大学，家里拿不出学费，多亏河南省总工会“金秋助学”活动资助的3000元助学金和国家助学贷款，我才走进大学。我记得活动负责人的话：“希望你们做一个敢作敢为、开拓创新的能干人；做一个实事求是、堂堂正正的实在人；做一个无私奉献、见义勇为的热心人。”我将“能干人、实在人、热心人”九个字贴在宿舍的床头。

——张高峰

“不能因为遇到过冷漠，自己就变得冷漠”

9月5日，苏老九住进河南省人民医院病房，张高峰陪同照顾。

在郑州的三天两夜，张高峰三人遭遇了无数冷遇。但这并不是他第一次体验到冷漠。

17岁时，张高峰到浙江金华打工，被传染了甲肝。姑姑打了500元钱过来让他坐车回家。张高峰没银行卡，就让姑姑把钱打到一位工友卡上，结果工友突然辞职走人了。

大一寒假，高中同学给张高峰介绍寒假工，去了才发现是传销组织。接电话时有人凑到耳边听，短信要给他们看过后才能发送，上厕所都有人跟。有人逃跑，抓回来时被打得伤痕累累。一次从住的地方到另一个地方“听课”，张高峰佯装上厕所，跳窗逃走。

虽然社会的冷漠伤害过张高峰，但在屡次求助被拒后，他依然坚信这个社会上还是好人多，依然不停安慰李春环母子：“别哭，下一个地方一定有人帮咱们的。”

媒体公布李春环的农村信用社银行卡账号后，每天都有好心人捐款，少则 50 元，多至 2000 元。许多爱心企业更是直接奔赴苏老九家中送物捐款。苏珂珂和苏明明所在学校的领导承诺给两个孩子办理“两免一补”并提供帮助……

8 月 29 日，张高峰在社交网上发了一条动态：温暖，感动，泪水……是大爱支撑起了这个家的明天，是大爱凝聚了社会的力量……

这些天来感受到很多温暖。有人打电话问我转账的银行卡号，我请她留个名字，她说：“我叫爱心人士。”社会并不是一片人性的荒漠，还是好人多。我曾经受到欺骗与伤害，也一度觉得人情淡薄。但我想，不能因为几株杂草而放弃对整个花园的灌溉。不能因为有欺骗就不相信所有人。不能因为遇到过冷漠，自己就变得冷漠。

——张高峰

“不要让能力不足成为冷漠的借口”

2014 年 10 月 19 日，湖南工学院举行“学习张高峰，关心身边人”活动，“张高峰爱心联盟”吸纳了 500 名志愿者。“有困难找高峰”，已是湖南工学院许多学生都知道的一句话。

陈飞说：“每次节假日，他都问好同学离校返校时间，那些行李较多的同学，他就去车站一个个接送。”

杨亮说：“我们一起在学校的学生勤工助学中心工作。有同学生活困难又比较内向，他主动去问别人要不要做兼职。得知我们班沙海生家庭贫困，高峰把自己一份较好的兼职让给了他，自己再去找。”

鲁彦森说：“高峰学习努力，成绩挺好。我高数学不好，他每天晚上到自习室给我讲题。他给好多人都讲过课。”

蒋有源说：“出去玩，看见垃圾他都会捡起来丢进垃圾桶。”

不久前，阿里巴巴集团设立的公益项目“天天正能量”提出要奖励张高峰 2 万元正能量奖金，想不到张高峰拒绝了。

他拒绝的理由是：“因为没钱，老九哥做了一个疗程化疗便放弃了，得了一墙奖状的苏珂珂和苏明明，眼看就要失学。我好胳膊好腿的，还是把钱捐给老九哥吧，钱要用在刀刃上，谢谢了！”

湖南工学院建筑工程与艺术设计学院领导去过张高峰家。张高峰自家房子倒了，和母亲借住在伯父家。一间房，用帘子隔成两间，除了桌子和床，空无他物。

张高峰的母亲患有脑梗死和糖尿病，常年吃药，只能做轻微零工。每年寒暑假，张高峰都外出打工，在生产车间，一站

12个小时。上了大学，他每个周末都去做兼职，送外卖、搭舞台，赚取生活费。和同学一起做兼职时，张高峰被发现患有静脉曲张，需要做手术，而他一点没把自己的病情放在心上。他总惦记着，老九哥还缺钱，发着烧。

辅导员王云峰说："自己需要帮助，还去帮助别人。90后大学生张高峰身上迸发出的闪光点，让很多人汗颜。"

张高峰的行为，向我们彰显出——90后不是温室的花朵，不是精致的利己主义者，更不是冷漠的代名词。

有人说，要帮助别人，先掂量一下自己有没有这个能力，这个本钱。这也成为某些人见死不救，不拔刀相助的理由。我不认同。有多大力使多大劲。没钱可以出力，没力气可以声援。不要让能力不足成为冷漠的借口呀！

——张高峰

来源：《光明日报》

殷沙漫：为山区孩子点亮心灯

孙庆

殷沙漫，女，1994年出生，广东惠州人，吉首大学文学与新闻传播学院2013级汉语言文学专业学生。曾被评为“中国大学生自强之星”、湖南省“雷锋式当代大学生”“湖南省优秀毕业生”，入选“中国好人榜”。

十二年间，从广东到湘西，她始终怀抱着对弱势群体无名的爱，为公益行动坚守。大学时期，她志愿服务时间就已超过1300小时，组织公益活动达100多次。她走进大山，向山区里的孩子传播文化，告诉孩子们大山外面的世界是什么样的，她将最美好的青春献给了湘西少数民族贫困山区的孩子们，让这些朴实的孩子们感受这个世界的温暖和美好。

她，就是吉首大学的研究生殷沙漫。

殷沙漫说：“也许我这点微弱的光实在照不了多远，但万一对他们是一种无限的光明呢？”正是这么纯真的想法，让她一直坚持到了现在。

“公益不仅是行动，更是一种唤醒”

1994年，殷沙漫出生于广东惠州，小时候的她体弱多病，出入医院成了家常便饭。在医院，她看到很多带着志愿者袖章的哥哥姐姐在帮助医护人员照顾那些毫无血缘关系的病人，当时她就感觉志愿者很厉害。

初中时期，12 岁的殷沙漫加入学校志愿者协会，利用课余时间开展志愿服务。

2008 年“5·12”大地震，放学回家，殷沙漫坐在电视机前看着新闻，在为地震灾区灾民牵挂的同时，更被灾区志愿者所感动，他们在地震中冒着生命危险，与时间赛跑，在余震频发时，毅然工作于废墟之上。他们在废墟中挖掘着，希望拯救一个人甚至几百人的生命；他们在废墟上不停地挖着，希望寻找到生命的奇迹……

从这以后，那颗公益的种子便在殷沙漫的内心深处生根发芽。

2013 年，殷沙漫高中毕业，高考志愿填报时，尽管父母反对，但为了自己内心的公益梦想，殷沙漫毅然决然地选择了位于山区的吉首大学。在这里，她找到了自己的人生价值，而在公益的路上，她也走得更远！

刚进大学，殷沙漫就加入学校麦田计划志愿者协会，因为之前的志愿服务经历，很快便担任副会长一职，她最关注的就是贫困山区村小学教育。殷沙漫说：“我老家也是全国贫困县，每次回乡看到那里落后的面貌，就总想做点什么。”

2014 年 3 月，殷沙漫和社团同学一起，走入湘西凤凰县山江镇上位置偏远的毛都塘小学发放爱心物资。学校的校门简陋而朴素，校舍是一间长长的石砖瓦房，隔开三间教室。走进校园，映入眼帘的是掉漆的铁窗，凹凸不平的水泥地，还有前来欢迎的孩子们，神情欣喜而胆怯，让殷沙漫心中一阵难过。

在捐书仪式上，当地的孩子捧着各种颜色的小花作为礼物，用长草和叶子扎成一小束，上面还留着露珠。“知识改变命运。哥哥姐姐们衷心地希望这些书能给你们带来另一个新的世界，希望你们好好爱惜，好好读书，好好过每一天。”殷沙漫作为志愿者代表发言时，眼泪一直在眼睛里打转。

毛都塘小学是殷沙漫支教生涯中最初的接触，而位于湘西泸溪县潭溪镇松柏潭小学则促使她为山区孩子们开辟了“第二课堂”。

2015 年 5 月，殷沙漫和“中国 · 麦田计划”公益组织的志愿者们，前往路途遥远的村小学。当时天色已晚，天上还下着小雨，他们在半途中发现了半山里的松柏潭小学。

因为是周末，学校只有一个老师，还有几个学生在嬉戏。在与学校老师交流后，殷沙漫知道这个学校有 52 名学生，其中有 40 多个都是留守儿童，大多还是贫困学生，学校只开设语文、数学、思想品德和科学 4 门课程。老师忧心地说：“孩子现在是成长阶段，应该要全面发展才行，学校的老师都快退休了，不会教孩子音体美之类的知识，我们也是老古董了，给孩子们带来不了多少外面世界的东西……”这些话深深触动了殷沙漫。为了让松柏潭小学孩子们的学习生活丰富起来，让他们看到学习中的“色彩斑斓”，殷沙漫和松柏潭小学老师沟通多次，收集和整理了大量的资料。大三的时候，她就开始了在松柏潭小学进行“知识新窗 · 第二课堂”的教学活动。

因为松柏潭小学的对面就是高耸的大山，需要渡河才能走进学校，所以路途极为艰难。殷沙漫利用课余时间去学校教学，每逢周二殷沙漫上课的日子，孩子们都在河边等着，有的攥着准备给殷老师的小纸条，有的拿着路边摘的小野花，有的提着饭盒，在河边边吃边等，即使下雨也撑着伞等。经过殷沙漫和同伴的努力，孩子们发生了积极的变化，从不愿意表达到主动举手发言，从上课总讲话开小差到希望不要下课……这样的支教生活整整持续了十三周。

她说："公益不仅是行动，更是一种唤醒，要唤醒孩子们内心深处的纯真和对未来的向往。"

坚守，为山区孩子继续留在湘西

大学四年，殷沙漫带领团队走过湘西 8 县市，到访了 30 多个贫困苗寨，实地调查了 170 余个家庭。她发现贫困山区的孩子精神方面亟需呵护，她开启的"知识新窗 · 第二课堂"，开设的音乐、美术、体育、心理健康课程，让越来越多的山区孩子们得到了应有的素质教育。

她还通过发倡议、做公益项目，为不同地区的困难学生组织帮扶，策划爱心物资募集活动，为多个贫困小学的 240 多个孩子，筹集了价值 5 万元的物资……

在殷沙漫的影响下，越来越多的志愿者投入到这场"爱心接力"中来。

"刚开始没有人愿意花一下午的时间和我一起去支教上课。"为了争取更多资源的支持，殷沙漫说，"慢慢开始有人关注，并开始支持、参与到支教活动中，越来越多的人主动捐赠物资……也是在这个过程中，我强烈地感受到了人与人之间无名的温暖与爱，通过这些事，我发现世界美好得不得了。"

但是，公益这条路远非看起来这样简单，就像身边的志愿者，有的人留下了，有的人匆匆地来了又匆匆地走了，给孩子们带去的只是一时的惊喜。

“留下来的人都不容易，首先是自己内心的心理斗争，因为做公益并不好玩，在平衡学业、公益与校园工作三者之间的关系时，比较困难。其次是大学生的身份，资源和能力有限，不能给孩子们带去更多的东西，时常会感到有心而力不足。”殷沙漫说，尽管曾在生活与公益之间有过困惑，但从未迷茫。“事情在我手上开始了，就不会轻易放弃，调整心态，把该做的、想做的、能做的一件件做完。”

有人问殷沙漫有没有犹豫过，有没有退缩过，她说孩子们期盼的眼神，家长们殷切的希望让她没有时间犹豫，没有理由退缩。

2014 年年底，她上完课去几个孩子家中走访，天空下着雨，山路泥泞难行。走了两个多小时，不知道绕了多远，她才到最后一个孩子家里，那时的天早就黑了。孩子的母亲身体有残疾，一见到殷沙漫就拉着她的手说：“谢谢你，殷老师，小旭之前都不会唱歌、画画、做手工，也不知道毛笔字，现在一回家就爱唱《小小的梦想》，今天还带回一幅画给我！”看着这位母亲激动的眼神，殷沙漫的内心是非常震动的。

2017 年 9 月，为了贫困山区的孩子们，殷沙漫选择留在湘西，考取了吉首大学的研究生。在吉首大学“榜样在身边”优秀事迹报告会上，她向全体新生说道：“鲁迅说过，无穷的远方，无数的人们，都和我有关。大概我和孩子们，也有着这样的关联，让我钟情于高山苗乡，去探访贫困儿童，去用尽一切能量给他们募集一点爱，去做所有我能做的，去选择留下。

世界的改变不是少数人做了很多，而是每个人都做了一点点，我们种下一些种子，总有几颗能发芽，这就是我坚持的动力和意义。”

来源:《中华儿女》

黄少军：自强见证成长

方跃文

黄少军，男，湘潭大学材料与光电物理学院2010级硕士研究生，湖南省优秀大学生党员、“芙蓉学子·榜样力量”自强不息奖获得者。2岁丧母，15岁父亲不幸患上晚期肠癌。19岁，一边求学，一边为父求医。大学四年，不仅实现了自身价值，挽救了一个罹难的家庭，也给广大的青年学子树立了一个自强不息的典范。

为父求医，发扬孝道美德

黄少军的父亲和继母都是福建省普通的农民，主要以务农维持生计。2002年，其父被查出患有晚期肠癌，经过化疗之后又丧失了劳动能力，这对于他的家庭来说无疑是雪上加霜。然而，命运的玩笑才刚刚开始。少年的黄少军，注定要先于同龄人走上一条艰辛的道路。

由于手术后遗症，其父每年都要到医院进行10多次的治疗，其祖母又因腿部残疾而生活无法自理，其继母不得不一边照顾两位亲人，一边卖菜谋生，家庭经济入不敷出。

2007年初，黄少军刚刚迎来大学的第一个寒假，却得知父亲癌症复发的噩耗，癌细胞已经转移到了盆腔。为了不再继续拖累这个家庭，不再影响子女的求学路，父亲在痛苦中毅然决定放弃治疗。然而黄少军忍着心中的巨痛苦口婆心劝说父亲，在2007年春节前夕，他只身带着父亲来到福建省肿瘤医院检查和治疗，整个寒假都守在父亲身边，亲友们深受感动，纷纷解囊筹集了5万多元继续供其父治疗，经过多种药物治疗，父亲的生命威胁暂时解除了。

他本以为这个家庭也许就会厄运逆转了，然而就在2009年，他的祖母因病去世，深受丧亲之痛的父亲紧接着就被检查出癌细胞转移到了肺部。此时，这个家庭已经是债台高筑，而亲戚们也无力继续出手相助。黄少军在结束期末考试之后，火速赶回家中为父筹款。当时他的父亲还患上了严重的忧郁症，情绪十分不稳定，连强制注射的镇静药物也无济于事。为了不让父亲出事，黄少军寸步不离，耐心开导，自学给父亲做按摩。为了照顾父亲，他每天合眼不超过4个小时。经过他和父亲的共同努力，最终得到福建省肿瘤医院和镇医院的共同支持，镇医院还单独为黄少军的父亲采购药物进行化疗，此次化疗仅花费3000多元。到当年的12月底，他的父亲先后经历了5次化疗，肺部的肿瘤得到了良好的控制，在家庭情况极端困难的情况下，他再次为父亲点燃了生命的希望。

为了调养父亲的精神状态，2010年2月，他毅然决定带着父亲来到湘潭大学一起生活。为了解决其父的衣食住行，他一边进实验室做毕业论文，一边兼职打工。在校园里，他带着父亲走进图书馆，听名师的讲座，看精彩的晚会，圆了父亲年轻时候的“大学梦”。在短假期里，他又带着父亲去湖北、江西等地遍寻中医，以期通过中医调养身体。

2010年10月，父亲肺部的肿瘤再次肆虐，黄少军果断地劝说父亲一定要坚持战胜病魔的信念，同时自己不断地找兼职赚钱，每月还定期地向家里寄钱。看着心爱的儿子为了自己如此拼命，父亲常常落下辛酸的眼泪，但也渐渐地被儿子的孝心所感染，他不再那么悲观，不再那么忧郁，愿意更加积极地接受治疗。后来，黄少军父亲的病情基本得到控制。

兼职创业，尝遍酸甜苦辣

大学四年，谁也不曾想到，生活的压力已经让这个瘦小的身躯过早地成了这个家庭的脊梁，然而残酷的现实不能改变他坚忍不拔、独当一面的性格，黄少军用俊朗的外表、潇洒的言行为心中的伤痛披了一件“金缕衣”，不是为了掩饰痛苦，也不是为了自欺欺人，只是他心中想着他应该靠自己的打拼，而不是通过别人的怜悯来抵抗厄运一次又一次的无情吞噬。

几年下来，在紧张的学习和工作之余，他见缝插针地做兼职，当家教，发传单，跑业务，他需要经济来源，唯有靠时间和健康来换取这个家庭的一时安宁。只要有兼职的机会，他就紧抓不放，风雨无阻。有的时候他一个人同时兼做 5 份家教，有时为学生上课到晚上 10 点半之后才回来，他不舍得花钱打车，便从学校 5 公里之外的地方，一路跑回宿舍。

漫长的兼职生活，磨砺了他敢于吃苦的不屈性格，这也慢慢地拓宽了他在职场的视野，他的商业意识和竞争意识在日积月累中不断提高。2010 年 4 月，在参加学校组织的 SIYB 创业培训之后的那个暑假，他开始尝试创业。黄少军与同学一起成功创办了湘潭大学扬帆中小学暑期培训班，他们用“直挂云帆济沧海”的气魄成就了如今在湘潭大学小有名气的工商注册公司。

从兼职到创业，他用汗水和毅力扬起了自己的成长风帆。

热心公益，奉献无悔青春

黄少军的大学同学范忠辉说：“大一的时候，班上有位同学的母亲去世，我们班同学就组织为这位同学捐款，当时黄少军身上没钱就向我借了 50 块钱，然后又立马捐给了这位同学，他是我们班当时捐款最多的。但是这样也导致班上同学误以为少军家里很有钱，我觉得他这样太勉强自己了。而他却说‘没关系的，希望他能早点走出亲人离世的阴影’。我当时真的不知道他那时的心情有多痛苦，直到后来我再想起这件事，我才能体会他的一些感受！”

这种感人的故事被黄少军用朴实无华的行动诠释了很多次，虽然身陷困境，他仍然热衷于公益活动，多次组织、参加校内外的爱心义卖、爱心募捐、情系福利院、暑期“三下乡”、大型义务维修、关爱聋哑少年等公益活动。2009 年 3 月，他组织学生为化学学院白血病患者邓立暖筹集了爱心款 2200 多元，并带领物理系新生到湘潭市特殊教育学校参加“关爱聋哑少年”活动。其 2009 年发起组织的赴湘西保靖县、郴州市的暑期“三下乡”社会实践团还因突出的成果获得了湖南省大中专学生暑期“三下乡”社会实践活动优秀团队的荣誉。

除了热心公益，他也将他的激情奉献给了学生干部工作。大学期间，他先后在学院担任团委宣传部部长、团委第一副书记、学生第一支党部书记、研究生党支部书记、研究生团委副书记等职，不管是班级琐事、学院团委事务还是党支部工作，黄少军在每个岗位上都做得踏踏实实，并且取得了较大的突破，尤其是在任学生第一党支部书记和院党委党务助理期间，他积极探索基层党组织建设，并尝试采用“党员信息管理软件”来整理学生党员的材料，大大提高了党务工作的效率，进一步促进了学院学生党建工作的发展，深受老师的好评。

为了使繁重的学生工作能够有条不紊地进行，黄少军经常用自己的休息时间来换取工作时间，他的身体也因此每况愈下，并患上了慢性胃炎和肠炎，身高 1 米 7 的他，体重竟然不到 50 公斤，然而他却从未有过半句怨言和懈怠，仍然坚持熬夜工作，写策划，写总结。

就是在这种环境之下，黄少军用一个个铁的事实证明了大学生党员甘于奉献、尽心尽责的优秀品质，他的事迹不断被师生传颂，尤其是在学生党员中掀起了争做优秀大学生党员的热潮，引起了各界的广泛关注。

宁静致远，铺就科研之路

一次，两次，三次，四次，在父亲面临一次又一次晚期癌症的威胁时，他从未放弃为父求生的希望，他总是背地里抹抹眼泪然后扛起肩上的重担继续前行。正因如此，同学们看到的只是他努力之后的成绩，而对他的背景知之甚少。

2010 年“芙蓉学子・榜样力量”经济管理之星奖获得者冉孟坤曾和黄少军一起在材料与光电物理学院团委工作过两

年，“太不可思议了，我们与他在同一部门工作这么久，他给我们的印象就是开朗，甚至觉得他的生活很单纯，我们一直以为他是独生子，各方面又很出色，当时我们都很羡慕他，直到2009年他获得‘芙蓉学子·榜样力量’自强不息奖时，他的事迹才被公布出来，我们都被‘惊呆’了。“冉孟坤这样形容黄少军。

曾经的室友许鑫在谈到昔日同窗时说：“他总是很忙，早出晚归的，我们以为他只是忙学生工作，直到他把父亲带到学校的时候，我们才知道他家的情况比我们所能预想的要糟糕许多，但是他从来没跟我们透露太多心酸，他太坚强了。”

的确，他要强的性格也让他没有在逆境蹉跎中迷失自己的方向，他从未放弃给父亲治好病的心愿，也从未放弃改变家庭命运的目标，更重要的是他用淡泊的心态坚守着“知识改变命运，努力改变困境”的人生信条。

虽然环境对他来说已是四面楚歌，但他从来未放弃过专业知识的学习，在克服各种困难的同时，他立足自身对专业实验的科研兴趣，经常进图书馆借阅书籍或上网查阅资料文献，他还坚持理论联系实际，将技术用于服务广大师生，多次组织参加学院团委举办的大型义务维修活动，参与湘潭大学大学生创新基金的项目立项和其他赛事。

无数个在实验室鏖战的日子，最终让他获得湖南省“挑战杯”大学生课外学术科技作品竞赛世博会专项二等奖、湘潭大学乙等奖学金、湘潭大学“三好学生”、湘潭大学“创明心”奖学金等学术竞赛类荣誉20余项。

2009年10月，黄少军更是以优秀的成绩被免试推荐至湘潭大学材料与光电物理学院材料物理与化学专业攻读硕士学位，成了家中的第一位硕士研究生。

黄少军经常用这样一句话来形容自己：“其实我只是个很平凡普通的人，但是我说过的，我一定要走一条不同寻常的道路！”

命运，似乎在他出生之时就给他烙上了痛苦与劫难的印记，将一道道人生的沟壑横亘在他的面前，然而他从未屈服，无数次的跌倒让他更懂得战胜困难。他用一种平凡的方式，记录了他人生履历中非凡的事迹，用奉献和感恩诠释了优秀大学生党员饮水思源的优秀品格，用自立和自强描绘出了当代大学生自强不息的先进典型，也许这正是“天行健，君子以自强不息”的真实写照。

来源：湘潭大学新闻网

彭月丹：甘当正义卫士 在法律援助中绽放青春

刘芊芊

彭月丹，女，1994年出生，中共党员，湖南科技大学潇湘学院2012级法律专业学生，2015年度“中国大学生自强之星标兵”获得者。大学期间坚持为弱势群体提供无偿法律援助，累计解决30余起维权纠纷，挽回经济损失145万元。创办了湖南省首家高校社区法治服务协会，协会将学校、法院、检察院、律师事务所紧密结合在一起，主要面向无力支付律师费用又急需法律帮助的个人或团体依法提供法律援助，并依法组织社会活动进行公益法律服务。

大学期间，彭月丹凭着一股“执拗”劲儿，坚持为弱势群体提供无偿法援，解决30余起维权纠纷，挽回经济损失145万元。彭月丹一直追求的梦想就是：保护社会上的弱势群体，维护每个人的合法权益，为法治中国建设贡献力量。

十年前的“惊心动魄”，种下了匡扶正义的种子

2006年，正逢暑假，上小学的彭月丹和朋友逛街，走在路上看到一个男人在打一个女人，旁边的大人，打牌的打牌，唠嗑的唠嗑，没有一个人出来制止。那个女人多次想躲到路人身后，都被拒绝了。当那男人正挥舞板凳，即将砸向倒在地上的女人时，彭月丹立马冲了过去用弱小的身体将一个女人挡在

自己的身后。看到忽然冲过来的小女孩，男人怔住了，手中的板凳缓缓落下。那年彭月丹仅 11 岁。那个时候，她的武器不过是稚嫩而坚毅的眼神，以及“保护弱者”的单纯正义感。

“这件事到现在想起来我还后怕，如果当时我遇到的那个人稍微丧心病狂一点，今天就看不到我了，那个时候的我一心只想着打抱不平，除暴安良，骨子里的英雄主义情节让我看不到自己有多么弱小，满腔热血却不懂得保护自己。”彭月丹回忆道。

后来，通过回忆这起惊心动魄的偶然事件，她发现了两个有趣的现象。

第一个是责任分散效应，也称旁观者效应。当那个男人当街家暴的时候，周围很多人选择了沉默或是回避，大家在潜意识里都认为会有人去管，或者说在等待别人去救援。直到彭月丹站出来，他们才开始拉住那个男人，去扶起那个女人。说明他们一开始就认为这件事是错的，但当他们看到一个小姑娘都能站出来阻止的时候，小小的彭月丹唤醒了旁观者的责任意识。

第二个是实现正义的途径就是要揭示真相。彭月丹挡下板凳后，那个男人开始骂骂咧咧，这时大家才得知真相。原来他们俩已经离婚，房子判给了男方，但是男方一直没换锁，女方就经常性潜入房子，把男方现女友的生活用品全部清出去扔掉。那天是刚好被男方抓了现行，男方一时气不过就开打了。但是如果彭月丹不去触碰，不去了解真相，怎么可能知道施暴者原来也是受害方。

从那个时候起，彭月丹开始思考，什么才是真正的正义，如何才能实现真正的正义。

用知识为梦想打基础，让能量在挫败中蓄积

11 岁那年的经历，对彭月丹自己也产生了不小的触动。她想，如果这样的事情再次发生，应该怎么办？随着年龄的增长，彭月丹渐渐意识到，法律才是维护社会正义最好的武器。

高考填志愿时，老师和爸妈一再叮嘱填志愿要以稳为主，选专业最好服从调剂，给自己留退路。但是彭月丹执意坚持，五个志愿专业全是法学，结果第一批没录上。第二批志愿彭月丹依然坚持，“而正是因为这份执着，让我实现了自己的梦想，能有幸和大家分享我的故事。当然，我说这个并不是告诉大家都要对父母的合理建议进行拒绝与抵抗，关键在于你要问问自己的内心，时间有限，不要为别人而活，不要被教条所限，不要活在别人的观念里，不要让别人的意见左右自己内心的声音，最重要的勇敢追随自己的心灵和直觉。”彭月丹在“中国大学生自强之星标兵”优秀事迹报告会上说。

在提起法律之剑的同时，彭月丹也领会到了世事的艰辛。

大二时彭月丹参加湖南“百公里毅行”活动，当天晚上九点多，下着瓢泼大雨，从株洲回湘潭途中，汽车司机私自改变路线、抬高票价、中途甩客。当时，车上有来自湖南科技大学、湘潭大学等 5 所院校的 26 位大学生。作为当事人和受害者，彭月丹决定就此事为大家争取合法权益。她带领其他大学生一道向有关媒体和相关部门反映情况。

彭月丹在维权一个多月期间，不停地往返于学校、汽车公司、城市客运管理局和公安局之间。其实涉及的赔偿金额加起来也就三四百，但彭月丹为这件事奔波的开销远不止这个数。

时间一长，很多同学都感到身心疲惫，选择“自认倒霉”。彭月丹仍然不甘心：“我无法要求别人坚持，但我自己不能放弃。”

和汽车公司谈判时，他们的态度一次比一次要赖，后来他们专门请了一个法律顾问跟彭月丹协商，刚开始说给彭月丹个人打一笔钱，让她不要再插手这件事，被彭月丹拒绝了。后来又遭到对方威胁：“你的个人信息我们这边都有，你不是本地的，出门在外还是要多注意安全。”事后彭月丹拿着录音再去找汽车公司，他们拒不承认此事。当然这也在彭月丹的意料之中，最终彭月丹还是没有拿到钱。但是汽车公司的说法是他们已经把当事司机辞退了，并且车队队长也当面道了歉。这是彭月丹遭遇的人生中第一次利诱和威逼，也是她第一次尝试正式用法律武器维权。

这件事之后彭月丹意识到，个人的力量太弱小，一个人的呼声很容易被掩盖，但是群众的力量却不容小觑，作为法律人，彭月丹从来不妥协，她想要凝聚力量，有了创办社区法治服务协会的念头，带领更多同学参与到公益法援活动中来。

“很喜欢纯净地做一件事，尽心尽力，无所畏惧，用这宝贵的几年时间，不恼怒，耐心，果敢，勤劳，富有责任心与同情心，忙碌地过完这段时光。”这是2014年3月2日彭月丹创社区法治服务协会时的决心。

唤醒“睡着的人”，扶起“跪着的人”

协会成立后，挑战也接踵而来。

一天，彭月丹接到学校老师从长沙打来的电话。一位农民工在操作机器的时候，手指被机器碾压，食指、无名指骨折。根据伤残等级鉴定，初步判断为八级伤残。农民工本该住院一个月，才住院 10 天却被包工头断了治疗费，被赶出医院。

得知情况后，彭月丹和两名协会成员立即赶往长沙。三天时间，他们跑了四次医院，三次工地，两次社会保障局，两次劳动局，调查、询问，与相关人员通过数十次电话。

根据法律规定，他们需要找到证据证明农民工与老板的雇佣关系才能申请赔偿。但是，难题摆在眼前。农民工最初没有和老板签订劳动合同，上一天班才记一次工资，毫无保障，无法证明劳动关系。

出于对农民工的保护，法官表示，只要找到农民工所在工地的签到表也能承认他和老板的雇佣关系。

维权再次出现曙光，彭月丹和两名成员翻阅《工伤保险条例》，保守估计可以帮这位农民工获得七万元的工伤赔偿。

在他们约包工头商讨赔偿事宜的前一个晚上，农民工却发来一条短信："谢谢你们，但老婆和孩子等着我，我明天就想回家。钱，我不要了，这是平头百姓都有的厄运，我认命。"

那天晚上，彭月丹一整夜没合眼，心里有一种说不出的难过。她渐渐意识到，帮助当事人维权，有时不是索要赔偿金那么简单的问题。他们情感上的伤害，用钱弥补不了。

而后，彭月丹在维权中更加注重当事人的心理变化，在用法律做斗争的同时，积极与当事人进行情感沟通，及时进行劝慰和疏导。

彭月丹认为，社会上有三种人：一种是睡着的人，即使权益受到侵害也不知道；一种是跪着的人，他们有法律常识但力量弱小，被侵权却无可奈何；最后一种就是站着的人，他们有法律意识，也敢于维护自己的权益。

她有一个强烈的愿望："唤醒'睡着的人'，扶起'跪着的人'。我始终相信，我当温柔却有力量！"

如今，法治协会已经由最初的7人发展到100余人。

彭月丹认为，法律援助只是"治标不治本"，要让法律融进每个人的思想深处，融进血肉意识中，他们才能真正懂得既不能触犯法律，又能用法律保护自己。法制宣传要从娃娃抓起，从弱势群体抓起。

她组织协会成员为中小学生开设"青少年法制宣讲课"，运用西游故事、动画短片、儿童音乐及新闻视频这些鲜活的素材向小学生讲解"什么是犯罪""犯罪的危害""如何保护自己"等基本法律常识，受到学生们的热烈欢迎。

此外，彭月丹还带领协会成员开展了"法制进社区""法治进校园"等一系列法律志愿活动，受益群众达五万人次。

2015年5月，协会成功入驻湖南科技大学创业孵化基地，还有了专门的办公地点——"湖南科技大学法律援助中心"。

事实证明，作为一位女生，彭月丹运用专业所学向身边的恃强凌弱者亮剑，从未惧怕退缩！用彭月丹的话说："行走在法律的道路上并不平坦，我必须坚强。我就是希望错的、恶的东西得到纠正。我始终相信，我当温柔却有力量！有阴影的地方必定有光！"

来源：中国青年网

杨子强：超越梦想

阮　娟　吕宗澄

杨子强，男，中共党员，湘潭大学法学院、知识产权学院2007级法学五班学生，曾获2009年度“中国大学生自强之星”称号。大学期间，杨子强在各项评比竞赛中先后获得国家、省、校、院级荣誉二十余项。

面对纷至沓来的荣誉，杨子强却很平静，“我只是尽力做到最好，只是尽力在超越梦想”。化蝶的痛苦和艰辛在他波澜不惊的叙述中一带而过，荣誉的到来看似如此简单，但是夜色中点点繁星和深夜依旧明亮的灯见证着他的勤奋和坚持。

邂逅梦想，磨难为他褪去青涩外衣

梦想披着五彩的外衣翩跹而过。邂逅它，抓住它，如同拥有美丽的缘分，人生便因此拥有懵懂而珍贵的记忆。

与“挑战杯”结缘，还是因大一入校时一次偶然的聊天。法学院学生会干部周超下寝，走入杨子强的宿舍。作为“过来人”，周超跟他们分享了大学里学习、生活、工作的经验。对大学充满好奇的他们也问了很多问题。时间在交流会融洽的氛围里飞快行走。很偶然的，周超提到了“挑战杯”。坐在一旁专注而认真的杨子强此时来了兴趣，缠着周超问个不停。直到交流会结束，杨子强对“挑战杯”依然念念不忘，但脑海里的“挑战杯”还只是一个很模糊的概念。第二天，杨子强在网上搜索挑战杯，详细地了解“挑战杯”自举办以来的赛事情况。由于没有专业积累，对以写论文为主要参评作品的“挑战杯”，杨子强参与的念头暂且放下。可是大学期间他从没有停止过对“挑战杯”的关注和论文写作经验的积累以及相关专业知识的充电。

青涩并不是因为幼稚，只是缺少经历。一旦脱下毛躁和随性的外衣，成熟和理性总会不离不弃。大一的杨子强是班长，他给自己定下目标：永远力争第一。军训时，拍 DV 记录每一个流汗流泪的时刻，是纪念那段迷彩岁月的最好方式。杨子强用相机和手机进行拍摄，本想寻找最佳的镜头，记录每一个感动的瞬间，但是事与愿违，第一天手机坏了，第二天相机的屏幕坏了。他偶尔的尖锐直白、他的失败削弱着同学们对他的信任。那段时间，杨子强痛苦压抑，努力地寻找造成目前进退两难处境的原因。此时，放弃与坚持，都是难题。虽然在后来的班级风采展中他们因出色的军训图片获奖，但是杨子强并不感到欣慰，甚至在军训结束的时候，放声大哭。但是军训对于杨子强，却是影响最深远的一次质变。在那段日子里，杨子强深深地明白：一个人仅凭着热情是不能成事的，要培养理性思维，理性地分析问题、处理问题。

此时的杨子强已不再是那个意气方刚的莽撞少年了，经历磨难洗礼的他，正在积蓄着力量，准备再一次的扬帆起航。

执着梦想，奋斗为翼勇翱翔

梦想或许很遥远，但是又有奋斗与理性作陪，寻梦的道路不再那么艰辛。

忙碌从来不是懈怠的借口，杨子强从不会因为学习、工作忙而放松对自己的严格要求。他曾经在学校英语演讲比赛中名列前茅，但是每一年寒暑假，北京新东方全国培训总部都可看见杨子强伏案学英语的身影。“还是要继续把‘肚子’填满，总觉得自己‘肚子’里空空的。”杨子强依然学着同声传译和高级口译。

杨子强一直觉得好的习惯才会积累大的成功，有想法的时候就把它存在手机的备忘录里，思考成熟了再着手去做。“灵感总是稍纵即逝的，那一瞬间的头脑发热并不能维持多久。”定期查看备忘录，找出最好的、最成熟的点子去完成，已变成杨子强多年不变的习惯。现在杨自强的手机里依然可以看到“从‘三国三典’看法律的工具性”“农村的基层民主调查”“90后青少年的法律意识调查”等这些偶然间闪入他脑海的小想法。

深知机会稍纵即逝的杨子强更不会放弃任何一个提高自己的机会。大一在学生会的时候，法学院组织了一次法律评论小比赛，身为干事的他有机会反复阅读、研究交上来的论文，遇到不懂的就去图书馆、上网查资料，还不明白的就去问老师。在这里杨子强积累了第一手论文写作的经验，也为论文写作奠定了良好的基础。第二学期出现了许霆案（许霆因 ATM 机故障非法获取现金并潜逃，被抓捕后在媒体及大众的关注下，量刑从无期改为 5 年有期徒刑），杨子强就以此为切入点，所写的《媒体监督在司法政权中的作用研究》被《湘江法苑》采用。这在以往的大一学生中是绝无仅有的。杨子强曾参加主持人大赛、演讲比赛等许多比赛，学习紧张，工作繁忙。但他并没有因此忽视“挑战杯”，反而经常查看相关资料，思考着自己如何去写出亮点。曾经看到有人在论文里从奥运会安保入手谈论政府信息公开问题，他想到从上海世博会入手来谈行政法在这方面的应用，但是缺少合适的角度就会千篇一律。杨子强整天思索如何去找切入点，因而“切入点”三个字也一直在他备忘录的第一条。有一天他想到科学家都提倡学科交叉法研究方法，“为什么我不能试试这个方法呢”？灵感在他脑海中倏忽而过，杨子强却紧紧抓住它，在手机上记下这个点子，冥思苦想，终于想到利用生物学的反射弧来阐述信息公开的过程。

由此，杨子强的论文写作正式揭开面纱。5个昼夜后，他完成了论文的初稿。2009年4月，终于盼来湖南省“挑战杯”比赛，杨子强一次又一次地修改文章，并请导师倪洪涛指点。直至最终交稿，他都在不停地充实内容，提高文章的思想性，精益求精。

有心人，天不负。他的论文《突发性公共事件中信息公开“反射弧”系统创新研究——以上海世博会信息公开模式为视角》，在2009年6月和11月分获“挑战杯”大学生课外学术科技作品竞赛上海世博会专项竞赛湖南省一等奖和全国二等奖。历时三年，专注科研，杨子强的挑战之路终于抵达。

单飞并不是目的，群起而追之才是对科研最负责的态度。在杨子强的眼里，和同学们集思广益才是做科研最快捷的方法。2009年，在《政府信息公开条例》正式实施的背景之下，杨子强带领法学院、知识产权学院学生创新团队深度关切长株潭“两型社会”改革试验区的行政配套建设，以此为主题的“长株潭‘两型社会’改革试验区《政府信息公开条例》实施实证研究”获批湘潭大学首届大学生创新基金研究项目。2009年上学期，杨子强社会权益法律援助中心成员申报的“论湖南集体林业行政管理体制的法律完善——以集体林权制度改革为研究背景”等课题获批国家级项目。

“他在科技作品竞赛和大学生创新基金课题立项等方面取得了突出成绩，已经成为法学院本科学生学术科研方面的优秀榜样。”学院领导给了他很高的评价。2009年12月，获得首届全国大学生职业生涯规划大赛一等奖，刚从北京载誉而归的杨子强收到了又一份盛大的礼物——湘潭大学“芙蓉学子·榜样力量”学术科研奖，这也是本科生首次获得此奖项。

延续梦想，终点并未达到

岁月可以赢去我们的生命，却赢不去我们一路留下的欢声笑语。一路走来，时光记载着与梦想相伴的瞬间，铭刻一路走来的寂寞与坚持。

“在最不能坚持的时候再坚持一下，就是成功。”杨子强经常用这句话与同学共勉。2009年秋季，大三的杨子强开始担任法学院团委第一副书记，负责团委全面工作，同时也忙着参加“挑战杯”省里面的培训。“那段时间我奔走在长沙和湘潭之间，白天去长沙封闭集训，晚上回湘大整理资料，一天休息不足六小时。”杨子强回忆着那段忙碌的日子。每晚回来杨子强还要和中心的师弟师妹们聊天谈心，了解他们的思想动态。“其实当时真的很累，想放弃，但马上期末了，趁他们还有点时间，为他们答疑解惑，加油鼓劲，对他们备考和下学期他们的学习、工作以及学生会的工作开展都很有利，于是就咬牙坚持了下来。”有一天晚上在北苑男生宿舍对面的生鑫园一楼食堂，杨子强一口气从九点开始一直到十一点，连续跟三个人聊天谈心，说到最后嗓子都哑了。

2010 年 1 月，杨子强凭借在学习科研方面的骄人成绩被评为“中国大学生自强之星”。在接受媒体采访时，他这样诠释自强：“自强不一定要身残志坚，自强是自己内心的不断超越，是在挑战面前毫不畏惧、迎难而上，是在困难跟前绝不低头，永不放弃。”

鲜花与掌声并未随着荣誉证书的收起而淡去，杨子强的内心理性而平静：朝觐信仰，我，依然在路上。挑战，只是为了继续下去的阳光……杨子强备考中国人民大学法学研究生期间，早起读英语，深夜攻专业，是他不变的生活规律。每一天，法学楼都有一角是属于他的天地，在那里，思想在尽情驰骋。

“超越梦想一起飞 / 你我需要真心面对 / 让生命回味这一刻 / 让岁月铭记这一回……”当清晨第一缕阳光洒在静谧的校园时，杨子强又踏上了新一轮超越梦想之路。

来源：湘潭大学新闻网

戴智琦：做最美的自己

戴智琦

戴智琦，女，中共党员，湘潭大学化学学院2018级本科生，南开大学化学学院2022级硕士研究生。大学期间，必修科目总绩点排名专业第1，主持1项校级大创项目，以并列一作发表了1篇sci论文。曾担任班长、新生班级英语辅导员、学院学工助理、新生班级辅导员助理及学院导助组长。曾获国家奖学金、基础学科专业奖学金、甲等奖学金和励志奖学金，曾获“三好学生”“洋光自立自强先进个人及自强之星”“优秀社会工作者”“优秀学生干部”“优秀学生辅导员助理”“优秀团员”等荣誉。

戴智琦在湖南省岳阳市平江县向家镇的一个小村庄中长大，家庭为建档立卡脱贫户，父母是质朴的农民，姐姐已结婚生子，妹妹就读于怀化学院。在她小时候，母亲身体就不好，动过手术，甚至遭受过车祸的折磨，家里一直是靠父亲务农、打零工支撑着。姐姐也曾是一名让父母骄傲的大学生，学费让父亲掉了头发、弯了腰。妹妹脸上有半边胎记，时常会自卑、丧气，家里也一直决定一定要拿出一笔费用让妹妹治疗，可这个承诺久久没有实现，从妹妹16岁拖到18岁，再拖到现在。

她一直觉得她是幸运的，早早地在生活的磨难中明白了学习的重要性，比许多想要跳出生活的坑却又不作为的人先行很多步，用自己的努力获得了许多。平江县第二中学的录取名额有 17 个，那些压榨自己午休时间来学习的日子让她成功进入平江县第二中学就读。在平江县第二中学学习的日子里，她遇到了人生恩师，在恩师的教导下无时无刻不在学习，吃饭用跑的，跑的途中脑子里还想着下课前刚讲的那一道数学题。在这里，她获得了人生中的“第一桶金”——300 元的奖学金，也是在这里，戴智琦坚定了自己要出人头地、回馈社会的信念。心中坚定的信念和实际行动上的奋斗让她高考超常发挥，以班级第一、年级前五的成绩有幸进入湘潭大学就读。

在学习上，戴智琦积极进取，勤奋学习，通过英语四六级考试，大二加入了湘潭大学生物化学实验室，在老师的指导下以并列第一作者的身份在 *Journal of Applied Toxicology* 上发表了一篇题为“Comparison of toxicity of Ti,C, and Nb,C Mene quantum dots (QDs) to human umbilicalvein endothelial cel1s”的论文，担任大创项目——《可见光催化活性药物分子的后期修饰》的负责人，且必修科目总绩点和平均分排名均为专业第一，获得了湘潭大学创新奖一等奖、“洋光自立自强先进个人及自强之星”、优秀社会工作者、三好学生、优秀团员等 15 项奖项与荣誉，获得过 2019—2020 年度国家奖学金、湘潭大学基础学科专业奖学金、甲等奖学金、励志奖学金等。同时参加了南开大学化学学院夏令营，获得了优秀营员称号，成功保研至南开大学攻读研究生。

学习之余，戴智琦也热心投身于服务工作，担任过班长、新生班级英语辅导员、辅导员助理及组长，以及学院学工助理。在校外，还接受了村干部交予的任务，骑着自行车跑遍了一个组，协助村干部评判该组居民住房安全等级。大学四年，她以一名中共党员的标准严格要求自己，向党员看齐，热衷于为班级、学院和社会服务，用自己微小的力量来感恩国家。

她希望通过自己的努力为家庭减轻负担，更希望以她的故事展示出大学生的自强不息，鼓舞和她一样处在逆境中的学子奋发向上！

来源：作者供稿